운남 고차수 보이차

이른아침

운남 고차수 보이차

쾌활 정경원 지음

이른아침

수천 년 한자리에서
누군가를 기다려 온 차나무 한 그루.
백 년도 살지 못하는 한 인간이
부끄럽게도 매년 찻잎을 탐하여
올해도 왔습니다.
직근(直根)으로 끌어 올린 지구의 양분을
잘 가공하여
좋은 분들께 전하려고 합니다.
차나무 거령신(巨靈神)께 감사함 가득합니다.

—

2023년 3월 27일
중산 백앵 차왕수 채엽을 앞두고

들어가는 말

1996년 대한민국 육군 대위 시절 '운남 보이차(普洱茶)'를 처음 만났습니다. 2005년 운남으로 가기 전까지, 제가 만난 보이차는 우리나라의 대표 차인 녹차와는 달리 복잡한 이야기가 숨겨져 있는 어려운 차였습니다.

검붉은 둥근 덩어리! 끓는 물을 다관에 부을 때마다 끊임없이 뿜어져 나오는 흙 맛 또는 지푸라기 썩은 듯한 맛!

"전쟁통에 피난을 가면서 지푸라기로 이은 지붕에 숨기고 간 보이차, 땅에 파묻어 놓았던 보이차여서 이러한 맛이 난다."는 점잖은 분들의 이야기를 들으며 그것이 진짜 보이차인 줄 알았습니다. 인사동에 가면 10년 되었다는 보이차도 있고 20년, 30년 되었다는 보이차도 있었습니다. 오래 묵을수록 좋다는 말을 들었기에 30년 익은 술에 견주며 하하호호 기꺼이 마시곤 했습니다. 그렇게 보이차가 존귀하던 시절, 주머니의 거금을 털어 마침내 30년 되었다는 중차패 보이차 한 편을 구했습니다. 몇 달 동안이나 그 보이차를 생각하는 것만으로도 행복했고 마시면서도 그 존귀함에 스스로 감탄하곤 했습니다.

그러다가 도착한 보이차의 고향 윈난(云南)!

2005년 처음으로 윈난의 성도 쿤밍(昆明, 곤명)에서 가장 큰 차 도매시장에 찾아갔습니다. 며칠을 찾아 헤매야 했던 진품 보이차는 마시면 마실수록 생소하기만 했습니다. "이게 뭐지?" 하는 마음에 차나무가 있다는 시솽반나(西双版纳)로 단숨에 달려갔습니다. 한국에서 차 마시면서 어렴풋이 들었던 "가장 크고 오래된 차나무에서 찻잎을 따 보이차를 만들기도 한다."는 이야기를 회상하며 눈으로 직접 확인해 보려는 시도였습니다. 그렇게 지도 한 장 들고 난눠산(南糯山, 남나산)으로 갔고, 거기서 수령 800년 된 차왕수(茶王樹)를 처음 친견합니다.

'여기에 오래된 차나무가 있다면 다른 어딘가에도 숨겨진 고차수가 있지 않을까?'

"찾아보자!"

스스로 묻고 대답하며 고차수 보이차 찾는 일상이 시작되었습니다. 지프(Jeep) 체로키 한 대를 샀고, 38만 킬로미터를 직접 달리며 남들이 오기 전, 고차수 보이차 이야기가 시작되기 전,

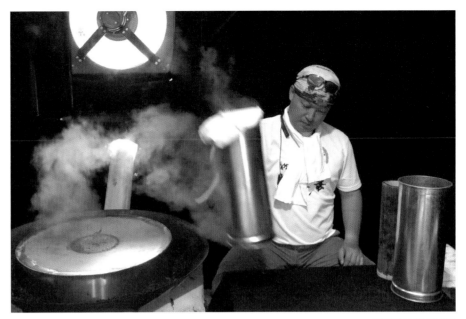

20여 곳의 고차수 군락을 찾아내고 현지에서 생활하며 고차수 보이차를 제조했습니다.

그렇게 직접 제조한 보이차를 지프에 싣고 차마고도(車馬古道)를 통해 라싸까지 갔고, 공차대도(貢茶大道)를 달려 운남과 북경을 여러 차례 왕복했습니다. 그 사이 17년의 세월이 흘렀고, 보이차가 다니던 대륙의 길들 위에 새겨진 다양하고 흥미진진한 역사, 인문, 지리, 문화, 예술을 만났습니다. 이 책을 통해 그렇게 제가 직접 보고들은 다양한 이야기들을 전해보려고 합니다. 하지만 한 권의 책에 모든 이야기를 담을 수는 없고, 이야기를 전하는 재주 또한 모자라서 안타깝고 송구한 마음 감출 길이 없습니다. 더 많은 사진과 이야기들, 특히 차산(茶山)과 보이차 관련 정보들은 저의 네이버 블로그나 유튜브 '쾌활정경원'을 통해서도 만나보실 수 있습니다.

이 작은 책으로 보이차가 얼마나 흥미진진한 스토리를 품은 놀라운 차인지 독자들에게 전해드릴 수 있다면 좋겠습니다. 여러분이 마시게 될 한 잔의 보이차에 더 깊고 향기로운 풍미를 더해줄 수만 있다면 저로서는 더 바랄 게 없겠습니다. 모쪼록 차처럼 아름답고 향기로운 독서가 되시기를 기원합니다.

2023년 봄
쾌활정경원

차 례

雲南 古茶樹 普洱茶

1
지리와 역사

중국의 지리

운남 보이차의
역사와 지리

운남 보이차를 이해하기 위해서는 중국의 지리와 운남의 위치, 그리고 운남성 안에서 차나무가 자생하는 지역의 지리적 특성을 이해해야 "아! 그래서 그런 것이구나!" 하며 스스로 보이차의 핵심에 도달할 수 있습니다.

중국은 닭 모양의 나라입니다.
운남은 서남부 닭의 엉덩이 부분에 위치하며, 이 일대는 히말라야산맥 동편이 쏟아져 내려 형성된 땅이자 흙입니다. 2억 6,000만 년 전 유라시아판과 인도판이 어느 날 갑자기 순간적으로 부딪치면서 히말라야산맥과 티베트고원이 생겨났습니다. 이 고지대는 동서로 펼쳐지는데, 그 동쪽 끝부분이 남쪽으로 흘러내려 만들어진 땅이 운남입니다.

중국은 크게 보아 서고동저형 지형입니다. 평균 고도 해발 4,000m의 티베트고원이 히말라야산맥을 따라 서단에 자리하고, 곤륜산맥과 천산산맥으로 이어지면서 광활한 유전지역인 타클라마칸 사막을 품어냅니다.
중앙부는 북으로부터 대흥안령과 태행산맥이 내몽골과 산서를 나누며, 하서주랑 남단의 기련산맥이 돈황 남단을 출발하여 란저우를 거쳐 서안 화산과 만나 태령정맥을 이루며 중원에 연결됩니다.
동부는 북쪽의 동북평원과 중앙의 화북평원이라는 대평원이 곡창지대를 형성하고 있고, 장강 이남으로 무이산맥과 남령의 올망졸망한 산과 평원이 이어집니다.
과거 중국에는 '1강(江) 1하(河)의 원칙'이 있었는데, '강'이나 '하'를 붙일 수 있는 물줄기는 세상에 각각 하나씩밖에 없다는 원칙입니다. 잘 알려진 것처럼 1강은 장강(長江)을 의미하고, 1하는 황하(黃河)를 의미합니다. 여타의 물줄기는 1912년 이전에는 모두 천(川)이나 수(水)로 불렀습니다. 심지어 우리나라에서도 대한제국이 세워지고 고종황제가 등극하기 전까지는 '강'이나 '하'를 쓸 수 없었습니다. 그래서 조선시대에는 한강을 한수로 부르고 청천강을 살수라 했습니다.

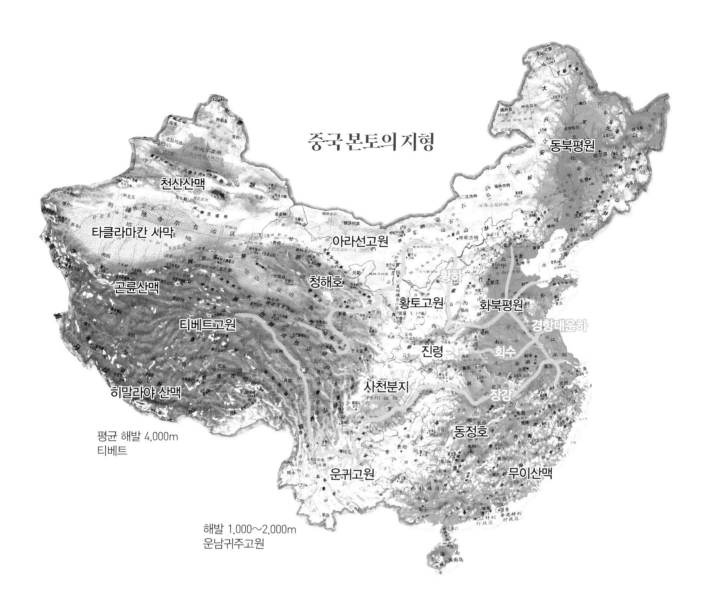

중국 본토의 지형

천산산맥
타클라마칸 사막
곤륜산맥
티베트고원
히말라야 산맥

평균 해발 4,000m
티베트

아라선고원
청해호
황토고원
진령
사천분지

동북평원
화북평원
경항대운하
회수
장강
동정호
무이산맥

해발 1,000~2,000m
운남귀주고원

운귀고원

'1강 1하의 원칙'이 중요한 이유는 이 두 물줄기가 중국 전체를 아우르는 핵심 지역이기 때문입니다. 한마디로 장강과 황하를 지배하면 중국 전 지역을 다스릴 수 있었습니다.

장강과 황하의 중간에는 회수가 흐르는데, '귤이 회수를 건너면 탱자가 된다.'는 말로 유명한 바로 그 강입니다.

황하 유역은 거의 모든 지역이 황토로 된 고원 위에 위치합니다. 중국 역대 왕조의 수도 대부분이 바로 이 황하 유역에 있었는데, 장안, 서안, 낙양, 개봉이 대표적인 고대 도시입니다. 그런데 이들 지역은 혹한의 겨울을 나야 하는 지역이었습니다. 따라서 장강 유역의 풍부한 자원을 운송해 올 필요가 있었고, 수나라 양제가 만들어놓은 경항대운하가 이 수송로의 역할을 맡아 역대 왕조의 든 든한 혹한기 국가 보급로 역할을 해냈습니다. 경항대운하는 항저우에서 낙양 또는 개봉을 거쳐 북 경에 연결되는데, 태풍이나 파도의 위험에 노출된 해상 운송로보다 상대적으로 안전하였기 때문 에 큰 역할을 수행하였고 실제로 다니는 배도 많았습니다. 이에 따라 명나라 이후에는 장강과 황 하, 경항대운하에 띄울 수 있는 배의 규격을 대폭 줄여서 정하기도 하였습니다.

운남의 지리

운남은 중국 서남단에 위치합니다. 2억 6,000만 년 전 유라시아판과 인도판이 충돌하며 만들어진 히말라야산맥의 동단과 티베트 지형이 함께 남쪽으로 쏟아져 흘러내려서 만들어진 땅에 위치합니다.

윤남성은 아프리카를 떠난 최초의 인류인 호모에렉투스(웬모인)의 화석이 발견된 유서 깊은 곳으로, 신생대 인류의 흔적과 신석기시대 유적을 비롯하여 공룡의 화석이 다량 출토된 지역이기도 합니다.

2020년 기준으로 운남성의 인구는 4,858만 명인데, 소수민족이 많이 산다는 특징이 있습니다. 중국 56개 소수민족 가운데 27개 소수민족이 운남성에 살고, 거주민의 35퍼센트가 소수민족입니다. 이족(彝族)이 가장 많은 400만에 육박하고, 한때 지배민족이었던 대리(大理)의 백족(白族)과 원(元)나라의 몽고족을 제외하면 모두 피지배민족이 주류를 이룹니다.

운남에서 가장 높은 산은 티베트민족의 성산인 매리설산(梅里雪山) 커와카보(해발 6,740m)이며, 운남의 평균 고도는 해발 2,000m입니다. 고도가 가장 낮은 지역은 홍허(紅河)가 베트남으로 흘러나가는 허커우(河口)로, 평균 해발 76m 정도입니다.

지금의 성도(省都)는 쿤밍(곤명, 昆明, 해발 1,950m)으로, 명대 이후 성도로 자리 잡아 왔습니다. 전통적인 수도는 남조국과 대리국의 수도였던 따리(대리, 해발 2,000m)입니다.

곤명에는 고원의 진주로 불리는 뎬츠호(滇池湖)가 있습니다. 직경 40km로 중국에서 여섯 번째로 큰 담수호지만 정화되지 않은 오염수로 인해 안타까운 호수 1위에 올라 있습니다.

대리에도 큰 호수가 있는데, 해발 4,200m의 창산(蒼山)에서 흘러 내려오는 맑은 물이 만든 길이 42km의 얼하이(洱海) 호수가 그것입니다. 중국에서 두 번째로 큰 담수호이며, 곤명 남쪽에 있는 중국 최대의 담수호 무선호(抚仙湖)와 함께 비교적 맑고 깨끗한 호수입니다.

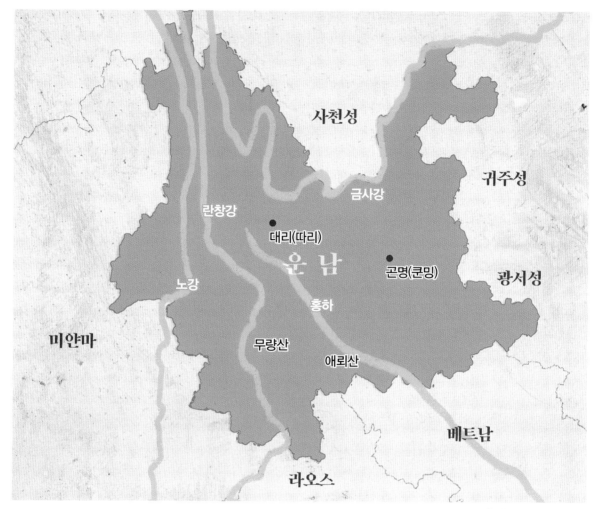

운남의 주요 강과 지명

※ 이 책에서는 차산(茶山) 이름, 종족 이름 등 일부 고유명사의 발음으로 중국어 발음과 우리식 한자어 발음을 혼용하여 사용
　하였습니다. 독자들에게 익숙한 표현을 사용하기 위한 것이며, 이 책 32~33쪽의 지도를 참고하면 동이(同異) 여부를 확인
　할 수 있습니다.

금사강 대협곡

운남 서북단 지역의 지형적 특징을 나타내는 말 가운데 '3강병류(三江竝流)'라는 것이 있습니다. '세 개의 강이 병렬로 나란히 흐른다.'는 말로, 세 개의 강이란 노강(怒江), 란창강(瀾滄江), 금사강(金沙江)입니다. 모두 티베트에서 발원하여 운남으로 들어오는데, 200km에서 400km에 이르기까지 거의 일직선으로 나란히 북에서 남으로 흐르며 운남의 지리와 생태를 나누고 있습니다.

이 가운데 금사강은 운남과 사천, 동티베트를 구분하며 장강의 최상류를 이룹니다.

란창강은 당고라산맥 타타허에서 발원하여 운남의 서부를 양분하고 애뢰산맥 대협곡과 함께 운남 보이차 산지의 중심을 관통한 후 동남아 5개국으로 흘러갑니다. 이들 동남아 국가에서는 이 강을 메콩강이라 부르는데, 태평양과 만나면서 다시 구룡강으로 이름을 바꿉니다.

노강은 티베트 당고라산맥 북단에서 발원하여 천장북로와 천장남로를 거쳐 매리설산 서단을 지나 삼강병류를 이루며 미얀마 방향으로 나가 인도양과 하나가 됩니다.

대리에서 발원한 홍허는 애뢰산(哀牢山) 동북단을 따라 흐르다가 베트남을 거쳐 하롱베이로 빠져나갑니다. 홍허강 동편에는 차나무가 단 한 곳 있으며, 운남의 모든 차나무 군락은 이 강의 서편 지역에 위치합니다.

운남에서는 북회귀선이 성의 4부 하단을 지나며, 해발고도에 따라 저지대는 아열대성 기후를 보이고 고산지대는 온대와 아한대성 기후가 나타나는 등 다양한 기후대가 펼쳐집니다. 계절은 건기(11~3월)와 우기(4~10월)로 나뉘는데, 연평균 강수량은 600~2,300mm이고 절반이 7월과 8월에 집중됩니다.

운남의 역사

운남 고차수 보이차

기원전 3세기 무렵, 곤명 일대는 덴(滇, 전)으로 불리었습니다. 청동기 문화가 발달하여 여러 가지 동(銅) 제품이 발굴되었습니다. 대표적인 것이 '뉴후통안(牛虎銅案)'입니다. 호랑이가 소를 물고 있고, 어미는 송아지를 보호하는 형상의 동기(銅器)입니다. 어떠한 외적의 침입에도 자손들을 지키겠다는 굳건한 의지의 표현이 아닐까 생각합니다.

뉴후통안

자르면 산수화가 되는 대리석

현재 운남의 성도는 곤명이지만 과거 운남의 영광을 보여주는 도시는 대리입니다. 대리석(大理石)이라는 돌 이름을 모르는 사람이 없을 텐데, 바로 이 대리에서 나는 돌이어서 대리석입니다.

한반도에서 고구려, 백제, 신라가 각축을 벌이던 삼국시대 무렵 대리에서는 미두 지역을 중심으로 하는 남조국(南詔國, 649~902)이 건설되어 통일왕조를 이루었고, 우리의 고려시대에는 대리국(大里國, 938~1253)이 뒤를 이어 원나라의 쿠빌라이칸이 침입하기 전까지 전성시대를 이룹니다.

대리삼탑

대리국의 모든 돌은 대리석이라는 이름으로 널리 알려졌고, 일찍부터 훌륭한 수출품이 되었습니다. 대리에는 이 대리석으로 만든 높이 70m의 대리삼탑이 세워졌는데, 수많은 소수민족을 불심으로 하나 되게 하는 신앙의 중심축이 되었습니다. 우리에게 황룡사 9층 목탑이 있었다면 대리국에는 대리3탑이 있었던 것인데, 우리의 목탑은 불타서 사라졌지만 대리의 석탑은 그대로 남아 지금까지 천년을 버티고 있습니다. 대리에 갈 때마다 만감이 교차함을 느낍니다.

대리국을 멸망시킨 건 원나라의 쿠빌라이칸인데, 두 번을 공격하여 실패하고 세 번째가 되어서야 해발 4,200m의 창산을 넘어 겨우 성공했다고 합니다. 이로써 대리국을 멸망시킨 원나라는 이 지역에 운남행성(雲南行省)을 설치하고, 기존의 왕족이던 단씨(段氏)를 대리총관(大理總管)으로 세습케 하여 이 지역을 원의 지배 아래 두었습니다. 원의 속국이지만 약간의 독립성을 유지하는 형태였던 것입니다.

원(元)나라를 멸망시킨 건 명(明) 왕조를 세운 홍무제로, 은본위제를 채택한 명나라는 운남의 은광을 탐하여 이 지역을 독립국으로 인정하지 않고 직접 병합하여 편입함으로써 운남지역의 독립 왕조는 역사의 뒤안길로 완전히 사라지게 되었습니다.

명나라 말기에 오삼계(吳三桂)가 반란을 일으켜 스스로 운남왕에 등극하기도 하였으나 곧 청나라에 제압당했습니다.

1723년 청나라 옹정제(재위 1722~1735) 때 보이차가 공차(貢茶)로 지정되어 정식 공납이 시작되었습니다. 청나라 말기, 운남의 육군강무학교에서는 많은 군벌 장군들을 배출하였는데, 여기에는 우리나라의 독립운동가들도 포함되어 있습니다. 대한민국 초대 국방부 장관을 지낸 철기 이범석 장군이 바로 이 육군강무학교 출신이고, 우리나라 최초의 여성 비행기 조종사이자 독립운동가였던 권기옥 선생은 곤명 육군강무학교 소속 우자바공항에서 항공교육을 받았습니다.

운남육군강무학교

보이차의 역사

전한시대(기원전 220~서기 220), 지금은 사라진 전설의 백복족(百濮族)이 차를 만들 줄 알았으며, 이들이 운남의 소수민족인 하니족(哈尼族), 와족(佤族), 라후족(拉祜族)에게 차 만드는 법을 알려주었다고 합니다.

225년, 삼국시대에 촉한의 제갈공명이 남만(南蠻)을 정벌하기 위해 운남에 왔을 때의 일입니다. 난눠산(南糯山)에 이르러 병사들의 눈에서 피와 고름이 나는 불상사를 만나게 되었습니다. 이에 제갈공명이 차나무를 심고 차를 만들어 병사들에게 먹여서 병을 치료했다는 종차(種茶) 고사가 생겨났습니다.

소수민족의 제다 역사를 기념하는 조형물(보이현)과 제갈공명의 종차 고사 기념상(보이시)

제갈공명 이후의 운남 보이차 역사에서 중요한 대목들을 살펴보면 다음과 같습니다.

보이차 역사

- 대리국 시대(937~1254), 차마고도를 통한 티베트와의 차염(茶鹽) 무역 성행
- 명나라 시기(1368~1644), 이방차산(倚邦茶山, 의방차산)의 만공촌(曼拱村)과 이방촌(倚邦村, 의방촌)이 한족에 의해 개척됨
- 1723년, 청나라 옹정제가 보이차를 공납품으로 지정
- 1838년, 청나라 도광제가 '차순호(車順號)'에 '서공천조(瑞貢天朝)' 편액 하사(중국 공차 역사상 유일무이), 차산 이름을 만싸(漫撒)차산에서 이무정산(易武正山)으로 개명
- 1938년, 중화민국이 남경에 중차패공사를 설립하고 곤명에는 운남분공사를 설립
- 1949년, 중화인민공화국 수립
- 1960년대, 자금성에서 공차 발견[만수용단(萬壽龍團)과 보이차고(普洱茶膏)]

자금성 박물관의 만수용단, 일명 인두공(人頭貢, 좌)과 보이차고(우)

서공천조 편액(모사품)

도광제가 차순호에 하사한 '서공천조' 편액.
이 편액은 이무정산 차순호 본가에 보관되어 오다가
2004년 친척에 의해 강탈을 당했고,
지금은 어디에 있는지 알 수 없게 되었다.

- 1960년대 말부터 1970년대까지, 광동성에서 제조된 습창차 유행
- 1966~1976년, 문화대혁명
- 1973년, 맹해차창 소속 추병량, 오계영 씨 외 2인이 광동 습창차 답사 및 연구
- 1974년, 맹해차창에서 세계 최초 조수악퇴식 숙차 제조(숫자급 보이차 시작)
  - '7542'는 75년 제조방식, 4등급 원료로, 2번차창(맹해차창)에서 제조를 의미
  - 습창차와 숙차가 보이차의 이름으로 판매됨
- 1976년, 모택동 사망
  - 판첸라마가 운남 하관차창에 보이차 티베트 공급 요청(긴차와 타차 생산)

- 1978년, 등소평 개혁개방 : '중차패, 대익패, 송학패' 등 패급(牌級) 보이차 시작
  - 〈숫자급 보이차〉
  1번 차창 = 곤명차창 / 중차패 / 7541
  2번 차창 = 맹해차창 / 대익패 / 7542
  3번 차창 = 하관차창 / 송학패 / 7543

- 1992년, 2차 개혁개방 : 외지 자본 유입
- 2000년, 외지 자본에 의한 차창 난립[보이시, 맹해현 지역]
- 2005년, '공차만리행' 재연 : 100마리의 말에 5톤의 차를 싣고 5개월 22일 동안 걸어 운남에서 북경까지 공차를 수송하던 역사 재연
- 2007년, 보이차 가격 폭등
  - 고차수 보이차 개념 발생[라오반장(老班章, 노반장) 마케팅 등장]
  - 20배 이상 가격 폭등

노반장 고차수와 아이니족 소녀

雲南 古茶樹 普洱茶

2

차산과 소수민족

운남 보이차산 지도

보이차산과
소수민족

운남의 차산은 크게 네 구역으로 나눌 수 있습니다. 북회귀선을 기준으로 북쪽과 남쪽으로 나뉘고, 다시 란창강을 기준으로 동서로 나뉩니다. 북서쪽에 란창지역이 있고, 북동쪽에 보이지역이 있으며, 남서쪽에 강외(맹해)지역이 있고, 남동쪽에 이무정산을 포함하는 강내지역이 있습니다. 북회귀선 이남의 강외지역과 강내지역 차산은 상대적으로 일찍부터 알려졌고, 북회귀선 이북의 두 지역은 상대적으로 최근에야 알려졌습니다. 이런 기준을 적용하여 운남의 차산들을 지역별로 묶어보면 이렇습니다.

북회귀선과 란창강을 기준으로 한 고차수 차산 구분

란창강

• 란창지역(방사형 교목 야생형 고차수 지역)

1. 쇼완(소만)
2. 중산 바이잉(중산 백앵)
3. 따차오(대조)
4. 따쉐(대설)
5. 시반(서판)
6. 동반(동판)

• 보이지역(전봇대형 교목 야생 고차수 지역)

1. 아이라오(애뢰)
   - 첸짜짜이(천가채)
   - 진산(금산)
2. 쿤루(곤록)

북회귀선

• 강외(맹해)지역(대엽종 교목 고차수 지역)

1. 화주량즈(활죽량자)
2. 난눠(남나)
3. 파사(파사)
4. 뿌랑(포랑)
5. 멍송(맹송)
6. 빠다(파달)
7. 징마이(경매)
8. 방웨이(방위)

• 강내지역(중소엽 교목 재배형 고차수 지역)

1. 이우(이무)
2. 이방(의방)
3. 꺼딩(혁등)
4. 만좐(만전)
5. 망지(망지)
6. 유러(유락)

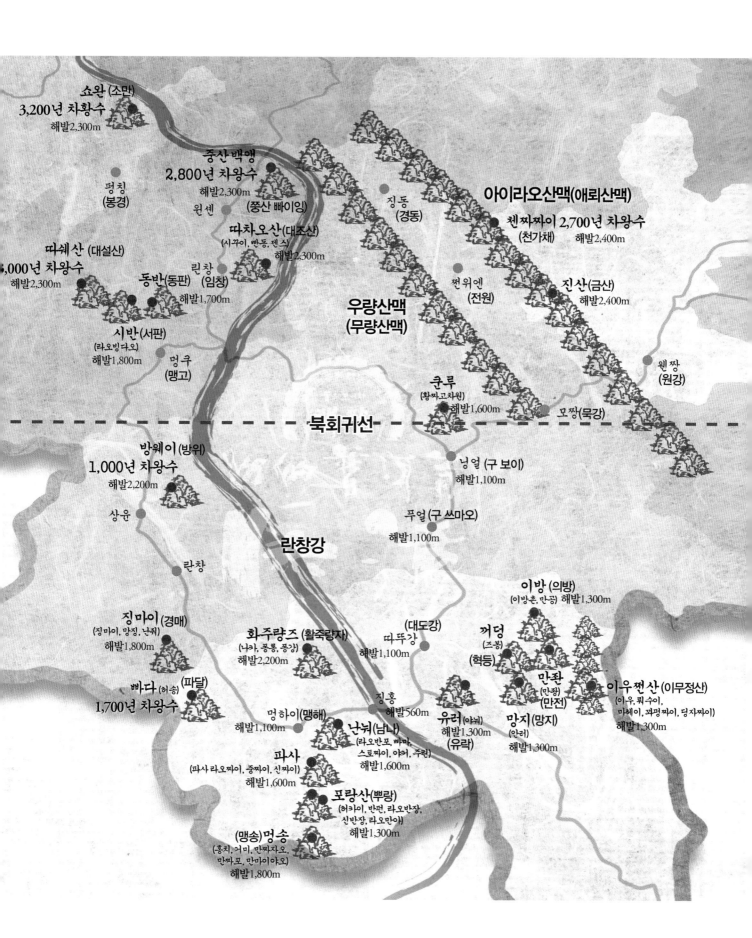

쇼완 (소만)
3,200년 차황수
해발2,300m

평창
(봉경)

중산 백앵
2,800년 차왕수
해발2,300m
원센
(쭝산 빠이잉)

따차오산 (대조산)
(시꾸아, 반동, 젠 스)
해발2,300m

따쉐산 (대설산)
5,000년 차왕수
해발2,300m

동반(동판)

린창
(임창)
해발1,700m

시반(서판)
(라오빙다오)
해발1,800m

멍쿠
(맹고)

징둥
(경동)

아이라오산맥(애뢰산맥)

첸짜짜이 2,700년 차왕수
(천가채)
해발2,400m

우량산맥
(무량산맥)

쩐위엔
(전원)

진산 (금산)
해발2,400m

쿤루
(황짜고차원)
해발1,600m

웬 짱
(원강)

모짱 (묵강)

— — 북회귀선 — —

방웨이 (방위)
1,000년 차왕수
해발2,200m

닝얼 (구 보이)
해발1,100m

상운

푸얼 (구 쓰마오)
해발1,100m

란창

란창강

이방 (의방)
(이방촌, 만퐁) 해발1,300m

징마이 (경매)
(징마이, 망징, 난눠)
해발1,800m

화주량즈 (활죽량자)
(나카, 퐁룽, 퐁강)
해발2,200m

(대도강)
따뚜강
해발1,100m

꺼덩
(즈퐁)
(혁등)

이우쩐산 (이무정산)
(이우, 뤄수이,
마헤이, 꽈펑짜이, 딩자짜이)
해발1,300m

빠다 (파달)
1,700년 차왕수

멍하이(맹해)
해발1,100m

징훙
해발560m

유러(야눠)
해발1,300m
(유락)

만좐
(만퐁)
(만전)

망지 (망지)
(안러)
해발1,300m

난눠(남나)
(라오반포 빠마,
스토짜이, 야눠, 주린)
해발1,600m

파사
(파사 라오짜이, 쭝짜이, 신짜이)
해발1,600m

포랑산(뿌랑)
(허카이, 반편, 라오반장,
신반장, 라오만아)
해발1,300m

(맹송)멍송
(흥치, 거미, 만찌자오,
만찌포, 만마이야오)
해발1,800m

강내지역의 주요 차산들

전통의 보이차산을 말할 때는 흔히 란창강(瀾滄江)을 기준으로 강내(江內)지역과 강외(江外)지역으로 우선 나눕니다. 과거 명·청 시대에는 란창강이 국경선이었고, 강내지역은 국가의 행정권이 미치는 지역이지만 강외지역은 그렇지 않았기 때문입니다.

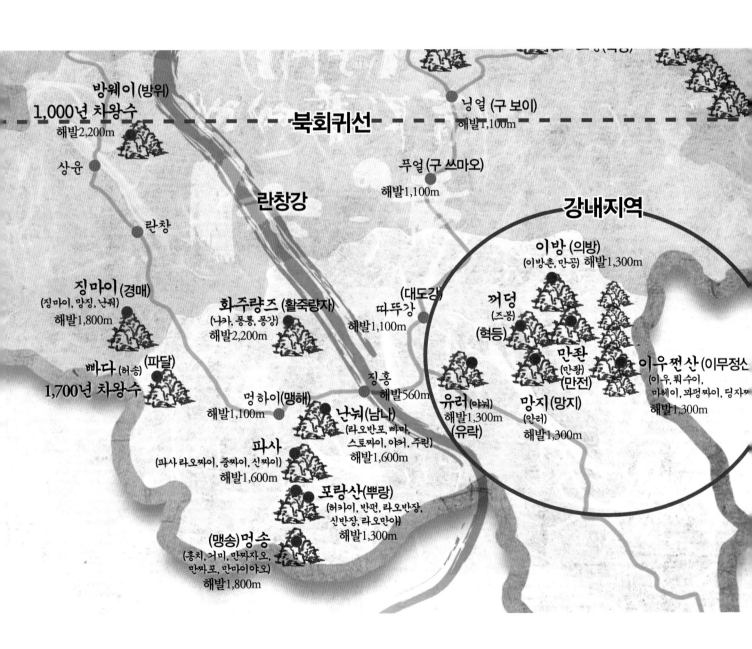

방웨이 (방위)
1,000년 차왕수
해발2,200m

상윤

북회귀선

닝얼 (구 보이)
해발1,100m

란창강

푸얼 (구 쓰마오)
해발1,100m

란창

강내지역

징마이 (경매)
(징마이, 망징, 난눠)
해발1,800m

화주량즈 (활죽량자)
(나카, 풍룡, 풍강)
해발2,200m

(대도강)
따뚜강
해발1,100m

이방 (의방)
(이방촌, 만공) 해발1,300m

꺼덩
(즈봉)
(혁등)

빠다 (허송) (파달)
1,700년 차왕수

멍하이(맹해)
해발1,100m

징훙
해발560m

만좐
(만좡)
(만전)

이우쩐산 (이무정산)
(이우, 뤼수이,
마헤이, 꽈펑짜이, 딩자)
해발1,300m

난눠(남나)
(라오반포, 빠마,
스토짜이, 야어, 주린)
해발1,600m

유러 (야눠)
해발1,300m
(유락)

망지 (망지)
(안러)
해발1,300m

파사
(파사 라오짜이, 중짜이, 신짜이)
해발1,600m

포랑산(뿌랑)
(허카이, 반펀, 라오반장,
신반장, 라오만아)
해발1,300m

(맹송)멍송
(홍치, 어미, 만짜자오,
만짜모, 만마이야오)
해발1,800m

강내지역에서는 1838년 차순호가 등장하기 전까지 한족들이 거주하던 이방(倚帮, 의방)차산의 만공촌과 이방촌(의방촌)이 중심이었습니다.

그러다가 황제에게 '서공천조' 편액을 받은 차순호가 등장함으로써 이방차산은 2인자가 되었습니다. 모든 마방들은 차순호가 있는 만싸차산(이무정산의 옛 이름)으로 모여들었고, 이후 황제의 특명을 받은 차순래(車順來, 차순호 창시자)는 미얀마·라오스 방향에 주둔한 영국군과 프랑스군의 일거수일투족을 공차와 함께 보고하며 전략상 방어와 공격이 용이한 이무(易武)에 새로운 한족 마을을 개척합니다. 한족 마을인 이방차산이 강내지역 최북단에 위치하고, 황제의 명을 받은 차순래의 이무마을이 최남단에 위치하는 이유가 이것입니다.

기타 만좐(蠻磚, 만전), 망지(莽枝), 꺼덩(革登, 혁등), 유러(攸樂, 유락) 차산에는 한족 마을이 없고 소수민족인 향탕이족(香糖彝族), 지눠족(基諾族, 기낙족), 하니족(哈尼族) 등이 살고 있습니다.

이무 고산지역 차는 줄기가 길다.

이무쩐산(易武正山, 이무정산)의

향탕이족이 사는 고산촌(高山村)에는 좋은 차나무 군락이 있는데, 줄기가 긴 중·소엽종으로 가장 좋은 맛을 냅니다. 낙수동(落水洞), 마흑채(麻黑寨), 정가채(丁家寨) 등에 100년 넘은 고차수가 분포합니다.

낙수동에는 '천년차나무'라고 주장하는 수령 150년 된 차왕수가 있었는데, 현재는 뿌리째 뽑혀서 나무가 있던 자리에 만든 보호각 안에 방치되어 있습니다.

이무정산에서 가장 유명한 마을은 야오족(瑤族)의 꽈펑짜이(刮風寨, 괄풍채)이고, 진품 고차수 300여 그루가 산을 두 개 넘어 라오스 방향에 숨겨져 있습니다.

이무정산의 마방 출발지

만전차산 가는 길

만좐(蠻磚, 만전)차산의 경우

차나무 수령이 100년 미만이지만 사람 키를 넘기는 대수차가 주류를 이룹니다. 밀식이 아닌 독립수로 심었기 때문에 고차수로 보는 사람도 있지만, 엄밀히 따지면 대수차류입니다. 산림이 좋고 향탕이족이 많이 살고 있습니다. 매년 청명 무렵이면 상명(象明)과 이무정산 지역의 향탕이족들이 모두 만좐 지역으로 모여 그들의 신년축제를 봉행합니다.

만좐차산
향탕이족

망지(莽枝)차산은

고차수가 가장 적은 차산입니다. 안러촌(安乐村) 일부에 고차수 200여 그루가 있고, 그 외에는 모두가 관목형 재배차류입니다.

망지차산의
고차수

꺼덩(革登, 혁등)차산에는

'이무 6대차산' 중 가장 좋은 고차수 군락이 있는 즈봉촌(直蜂村)이 위치합니다. 유러산(攸樂山, 유락산)이 고향인 지눠족이 살고 있는데, 이들이 400년 전 명나라 군대를 피해 이주한 후 심은 고차수 군락에 1,000여 그루의 차나무가 사과나무 크기로 잘 자라고 있습니다. 대엽종 차나무 품종이라서 맛은 시원하고 달지 않습니다.

꺼덩차산의 고차수

유러(攸樂, 유락)차산은

행정구역상 징훙시(景興市)에 속합니다. 다른 6대차산이 멍라현(勐腊縣)에 속하기 때문에 현지에서는 서자 취급을 받지만, 야뉘촌 인근의 수령 300~400년 된 대엽종 차나무들은 커다란 분재와 같은 모습을 하고 있고 자순차 계열 품종도 섞여 있어서 풍부한 맛을 만들어냅니다. 차나무는 세 곳의 고차수 군락에 600여 그루가 현존합니다.

유러차산의 고차수

이방차산
차마고도

이방(倚邦, 의방)차산은

이무 6대차산 중 가장 북단에 위치합니다. 만공촌(曼拱村)과 이방촌(倚邦村)
은 명나라 시대에 만들어진 마을로 한족이 대를 이어 살고 있습니다. 원래
호급(號級) 보이차의 고향으로, 마을의 오래된 석축과 반질반질 윤이 날 정
도로 닳은 돌길이 이곳이 차마고도의 시발점임을 암시하고 있습니다.

이곳의 차나무는 특소엽종으로 수령 300~400년 된 고차수가 주류이며, 600여
그루의 고차수가 각 마을에 위치합니다. 단맛을 원한다면 이 이방 고차수 보
이차를 첫 번째로 추천합니다. 2018년까지 길이 전혀 포장되어 있지 않았기
에 접근이 가장 어려운 곳 중 한 곳이었습니다.

일명 왕자산(王子山)으로 불리는 만송(曼松)에는 고차수가 한 그루도 없으며,
재배차를 고차수로 판매하는 마을입니다. 인터넷에 황제의 다원이 있던 곳
으로 소개되며 유명해졌는데, 시간이 없는 방문객은 차나무를 확인조차 하
지 않고 차를 구입하곤 합니다. "마지막 남은 한 봉다리의 고차수 보이차"라
는 현지 주민의 말만 듣고 차를 사지만, 이런 차가 사실은 집집마다 있고 계
속해서 나옵니다. 가격도 1kg에 1만 위안(약 160만 원)이나 되는데, 이런 엉
터리 장사와 속임수가 몇 년째 반복되고 있습니다.

이방차산 이방촌

강외지역의 주요 차산들

강외지역은 1960년대 이후 중국으로 편입된 지역입니다. 가장 늦은 곳은 1993년에야 정식으로 중국 국경선 안쪽으로 들어왔습니다. 그 이전에는 정식으로 중국 땅이 아니었다는 이야기입니다. 지금의 미얀마 반군과 라오스 반군의 뿌리는 사실 국민당의 잔당입니다. 이들이 빨치산 활동을 벌인 곳이 현재의 강외지역과 국경선 일대였고, 이들은 중국 정부군과 땅을 뺏고 빼앗기는 전투를 수십 년간 이어갔습니다. 치열한 국경분쟁 지역이었던 겁니다. 지금의 징홍시 한복판에 있는 외사처 정원 구석에는 1960년 세워진 국경표지석이 남아 있는데, 이때가 되어서야 이곳에 국경선이 그어졌다는 의미입니다. 강외지역에서도 가장 남쪽에 있는 멍송(勐宋, 맹송)차산의 경우 1993년에야 미얀마와의 국경선을 확정했다는 표지석이 세워지게 되었습니다.

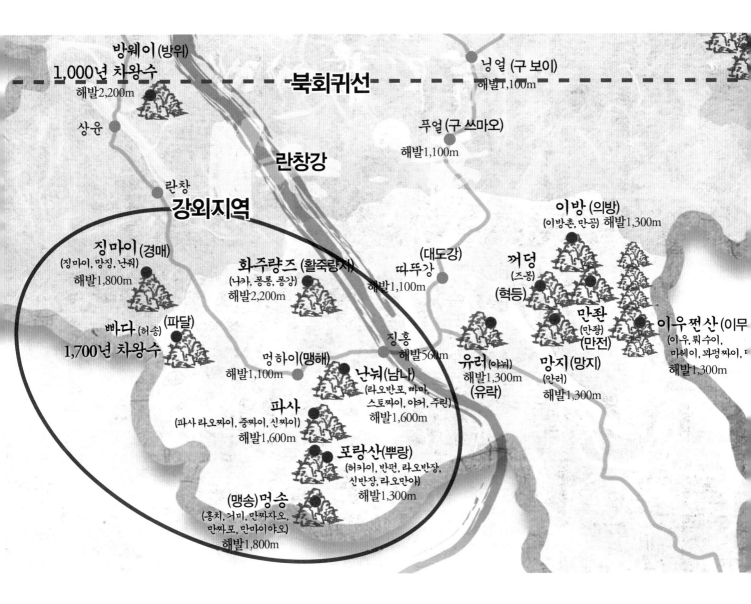

강외지역에 거주하는 소수민족들이 이곳으로 이주한 것은 13세기 몽골의 침입으로 일어난 사천성 소수민족 대이동 때부터입니다. 이어 1381년에 명나라의 30만 대군이 운남을 침공하면서 제2차 소수민족 대이동이 일어났습니다. 이때 애뢰산(哀牢山) 동단에 살던 하니족이 특히 대거 이주하게 되는데, 원인은 명나라의 환관(宦官) 정책 때문입니다.

명나라 군대는 새로운 토지 확보를 위해 정복지의 성인 남자는 모두 죽이고, 어린 남자아이는 잡아다가 환관으로 만들었습니다. 하니족을 비롯한 운남의 소수민족 남자아이들이 선택된 것은 이들의 키가 상대적으로 작았기 때문입니다. 황제보다 작은 사람들이 환관이 되어야 200보 밖에서 보는 일반 사람들에게 황제가 엄청나게 커 보이기 때문에, 운남의 하니족이 환관 1순위가 된 것입니다.

겁에 질린 엄마들은 아기를 업고 해발 2,400m의 애뢰산을 넘었습니다. 그 과정에서 이질과 복통, 해독에 좋은 야생의 차나무 씨앗과 가지를 가져다가 피난길 여기저기 정착하는 모든 곳에 심어놓았습니다.

란창강을 넘으면 군대가 더는 쫓아오지 않았기에, 정글의 산속 가장 높은 곳에 보금자리를 만들고, 주변에 차나무들을 계속 심었습니다. 이것이 수백 년이 지나 지금의 고차수 군락이 된 것입니다.

강내지역의 유러(유락), 꺼덩(혁등), 뿌랑(布朗, 포랑)과 강외지역의 화주량즈(滑竹梁子), 난눠(남나), 파사(帕沙), 멍송(勐宋, 맹송)의 차나무들이 대부분 대엽종이고, 서로 비슷한 품종이 연이어 발견되는 것이 이런 이유 때문입니다.

멍송 고차수 다원

멍송차산 산길

멍송차산 산길

화주량즈(滑竹梁子)에는

우선 아이니족(優伲族)의 퐁강(蚌冈) 마을과 퐁롱(蚌龙) 마을이 있습니다. 아이니족은 란창강을 건넌 하니족을 부르는 말로, 본래는 같은 민족입니다. 그리고 작은 새와 쥐의 도움으로 조롱박에서 탄생했다는 라후족(拉祜族)의 나카촌(那卡村)도 있습니다. 한족들은 이 차산을 나카대산으로 부르기도 하지만, 원래의 이름은 화주량즈입니다. 5개 품종의 차나무가 골고루 섞여 있고, 해발고도가 2,000m에 가까운 퐁강과 퐁롱의 차는 그 풍미가 매우 좋습니다.

퐁강차산

화주량즈 퐁롱의 고차수

난눠산(南糯山, 남나산)은

제갈공명이 차나무를 심어서 병사의 눈병을 고쳤다는 전설이 깃든 차산으로, 2007년 이전에 나온 운남성 지도에 '차왕수'로 기록된 수령 800년의 차나무가 있는 곳입니다. 해발 1,200m 지점에 있던 큰 차나무는 2002년 맹해(勐海)로 가는 신작로가 생기면서 파헤쳐지고 뿌리째 뽑혀 어디로 갔는지 모르고, 수령이 같은 차나무 두 그루 중 해발 1,500m 지점에 남은 차나무를 차왕수로 정하고 매년 차왕제를 올리고 있습니다.

난눠산은 아이니족의 집단거주지로 반포짜이(半坡寨, 반파채), 주린촌(竹林村, 죽림촌), 빠마차이(撥瑪寨, 발마채), 뚜오이짜이(多依寨, 다의채) 등의 마을이 있고, 파사·멍송과 더불어 가장 큰 고차수 군락지 중 한 곳입니다. 하지만 재배차도 엄청나게 가꾸고 있어서 고차수와의 구별이 어렵습니다. 난눠의 맛은 시원시원하며 남성적인 호쾌함이 느껴집니다. 난눠는 멍송과 함께 차도구가 없던 시절에 대나무를 이용한 죽통차를 만들던 곳이고, 지금도 이를 마셔볼 수 있는 차산이기도 합니다.

필자는 10년 임대한 250그루의 난눠산 고차수에서 연평균 75kg의 고차수 보이차를 생산한 바 있으며, 2019년과 2021년에 난눠산 800년 차왕수 역시 직접 채엽하여 가공하기도 했습니다.

난눠산 고차수 잎

난눠산 차왕수와 고차수 군락

파사 차왕수
채엽가공

파사(帕沙)는

남나산 남쪽에 위치하고, 행정구역상 난눠산과 함께 거랑허(格朗和)에 속합니다. 라오짜이(老寨), 중짜이(中寨), 신짜이(新寨) 등의 마을이 있고, 난눠와 더불어 최대 고차수 군락입니다. 아이니족의 집단거주지이며 시원시원하게 자란 고차수 군락이 산 정상부에 위치합니다. 파사 차왕수는 난눠산 차왕수보다 굵기는 가늘지만 높이는 더 높습니다. 차왕수에서는 봄의 첫 채엽을 통해 칠자병차 7편 정도가 만들어집니다. 2017년, 2018년에는 직접 제조하여 인연에 따라 전했었습니다.

파사 차왕수

뿌랑산(布朗山, 포랑산)은

파사 남단에 위치합니다. 멍하이(맹해)현 쪽에서 이 산으로 통하는 길을 따라 오르면 허카이(賀開), 반펀(班盆), 라오반장(老班章), 신반장(新班章), 라오만아(老曼峨) 촌락의 고차수 군락이 차례로 나옵니다.

2007년 노반상 1kg 쇄청모차의 가격이 400위안이었습니다. 그런데 모 차창에서 10년간 네 배의 가격, 즉 1kg당 1,600위안을 주기로 하고 이 마을의 고차수를 계약했습니다. 이것은 당시 가장 비싸던 이무정산 고차수 보이차의 500위안보다도 세 배 이상 비싼 가격이었습니다. 노반장 고차수 가격 폭등이 기폭제가 되어 주변 차산들의 가격도 동반 상승했고, 이것이 부메랑이 되어 노반장 고차수의 가격은 1만 8,000위안까지 치솟으며 정점을 찍었습니다.

노반장의 차나무는 사실 강외지역 다른 차산의 나무와 크게 다르지 않습니다. 강외지역 차산에 있는 고차수 대부분이 수령이나 크기에 있어서 비슷비슷합니다. 하지만 소비자의 출발 거점 도시인 징홍에서 볼 때 노반장은 가장 먼 차산이고, 힘들게 다녀와야 하는 곳임은 물론 마을이 산속에 있고 도로는 비포장이어서 비만 오면 아예 갈 수 없는 곳으로 인식이 되었습니다. 따라서 한 번 가면 이곳의 차는 무조건 사야 하는 차로 인식되었고, 여기에 소위 마케팅이 결합하자 가격이 눈덩이 부풀듯 올라갔던 것입니다. 허카이촌은 라후족이 사는 마을이고, 나머지 마을인 반펀, 라오반장, 신반장, 라오만아는 아이니족의 촌락입니다.

과도한 채엽으로 죽어가는
라오반장 차왕수(2022년 봄)

멍송(勐宋, 맹송)차산은

뿌랑(포랑)산 남단에 위치합니다. 해발 1,800m에 위치하고 천혜의 자연경관을 자랑합니다. 이 지역은 1993년 국경이 확정되기 전까지 미얀마 반군들과 중국군의 격전지이기도 했기 때문에, 지역주민들 대부분은 군복(軍服)을 최고의 복장으로 여깁니다. 여기 사는 소수민족 하니족의 정체성 문제도 조금 복잡한데, 란창강을 넘어온 하니족은 아이니족으로 분류하는 것이 일반적입니다. 하지만 멍송에 사는 주민 자신들은 아이니족이 아니라 하니족이라고 강조합니다. 게다가 이들은 자기들이 하니족 5대 분파 중 유일하게 일본에서 장강을 따라 올라와서 이곳에 정착했다는 설을 믿고 있습니다. 이들이 일본 출발설을 믿게 된 것은 아마도 일본 제국주의 시대에 미얀마 일대에 주둔하던 일본군의 정훈 활동, 그러니까 정신교육의 산물이 아닐까 추측됩니다. 문자가 없는 민족이라 구전으로만 역사를 기술하다 보니 자연스럽게 역사적 약자가 될 수밖에 없다는 생각이 듭니다.

멍송 쾌활다원 고차수

멍송차산은 400년 된 차나무들의 천국입니다. 또 뿌랑산 라오만아의 쓴맛 나는 쿠차(苦茶)와 멍송차산의 쿠차, 그리고 애뢰산 금산(金山) 지역의 쓴맛 나는 차는 어디에도 없는 쓴 차의 일품 중 일품이라 하겠습니다. 산 아래 남쪽의 미얀마 지역에도 고차수 군락이 있고, 한때 수많은 미얀마 산(産) 차들이 싼 가격에 역수입되면서 멍송차산의 차 가격에 영향을 미쳤습니다. 2015년 이후 곤명차창을 비롯한 많은 중소 차창들이 분창(分廠)을 멍송에 낸 이유 가운데 하나가 이것입니다. 그런데 이들은 정작 멍송의 차는 수매조차 하지 않았고, 급기야 분노한 멍송 주민들은 미얀마로 통하는 모든 길을 막고 멍송차를 구매해줄 것을 요구하는 상황입니다.

필자는 2008년 이후 20년간 임대한 200그루의 고차수와 쉐덩, 동성 집안의 고차수 잎을 수매하여 매년 멍송 고차수 보이차를 생산하였습니다.

빠다(巴達, 파달)차산은

수령 1,700년의 야생차나무가 있는 곳으로 유명했습니다. 1970년대 후반
처음 발견된 이 차나무를 육우의 『다경』에 나오는 파달산 차나무로 명명
했고, 2007년까지 운남성 제작 지도에서는 '차황수'로 기록했습니다. 그러
나 2013년 인간의 모진 욕심 때문에 이 차나무는 죽고, 지금은 모 차창에
이전되어 보관하고 있습니다.

빠다차산에서 생산되는 차는 대부분 맹해차창에 원료로 들어가는데, 보
통 재배차류입니다. 차산의 주인은 하니족으로 대부분이 차 농사로 생계
를 유지합니다.

죽어 있는 빠다차산 차왕수

 빠다차산 가는 길

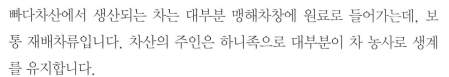

징마이차산 이야기

징마이(景迈, 경매)차산은

원래 불해(佛海, 지금의 맹해)지역에 속한 차산이었으나 보이시에 편입되면서 란창현에 속하게 되었습니다. 차산 중 유일하게 태족(傣族)이 차산의 주인입니다. 한따이로 불리는 이들은 수이따이 및 화뇨따이와 더불어 사천성 일대에까지 살던 태족이었으나, 1차 민족 대이동 시기 남하하여 이곳에 정착한 것으로 알려져 있습니다.

징마이(경매)차산의 차는 다른 강외지역의 대엽종과는 달리 중·소엽종이고 단맛이 강합니다. 이방(의방)차산과 더불어 단맛이 나는 차류에 속하는 흔치 않은 차산이지만, 해발 1,800m 정상부의 고차수 군락을 중심으로 반경 20km가 재배차로 둘러싸여 있기에 현지를 방문하더라도 진품 고차수 보이차를 얻기는 어려운 것이 사실입니다. 보이시 정부와 현(縣) 정부의 노력으로 일부 재배차를 뽑아내고 독립수로 심은 생태차 단지도 조성하고, 마을 전체도 시멘트를 줄이려는 노력을 하고 있는 아름다운 차산입니다.

징마이차산 전경

방웨이(邦威, 방위)차산은

강외지역 최북단에 위치합니다. 징마이차산과 마찬가지로 란창현에 속하며 차산의 주인은 와족과 라후족입니다. 방웨이 천년 차왕수는 야생차와 재배차의 중간 형태 차나무로 알려져 있어서 차나무를 공부하는 분들은 반드시 보아야 하는 나무입니다. 저도 깨우침을 얻기 위해 여러 번 방문했는데, 계절별로 찾아가 생태 등을 확인하다 보니 야생형과 재배형의 구분점을 이 차나무로부터 배울 수 있었습니다. 원래는 야생의 차나무였으나 사람들이 이주하여 밀림의 숲을 화전으로 불태우고 차나무 한 그루 혼자 남게 된 이후 스스로 변화해가는 과정을 몸소 보여준 외롭고 가여운 차나무이기도 합니다.

방웨이 차왕수

과도기형 차나무로 유명한 방웨이 차왕수의 채엽

매년 공매하는 방웨이 차왕수(2010년 청명)

북회귀선 북단의 주요 차산들

북회귀선 북단 지역의 차산도 란창강을 기준으로 좌우로 나뉩니다.

동편에 길게 늘어선 아이라오(애뢰)산맥은 운남 남부의 동과 서를 나누며 베트남 하이룽베이(下龍灣)까지 연결됩니다. 이 애뢰산맥에는 유명한 고차수 두 그루가 있는데, 첸짜짜이(千家寨, 천가채)의 수령 2,700년 된 야생 차왕수가 하나고, 진산(金山, 금산)의 2,500살 된 야생 차나무가 다른 하나입니다. 두 곳 모두 고산이족(高山彝族)의 후손들이 삶의 터전으로 삼아 방목과 수렵, 채엽 활동을 통해 척박한 환경에서 살아왔습니다.

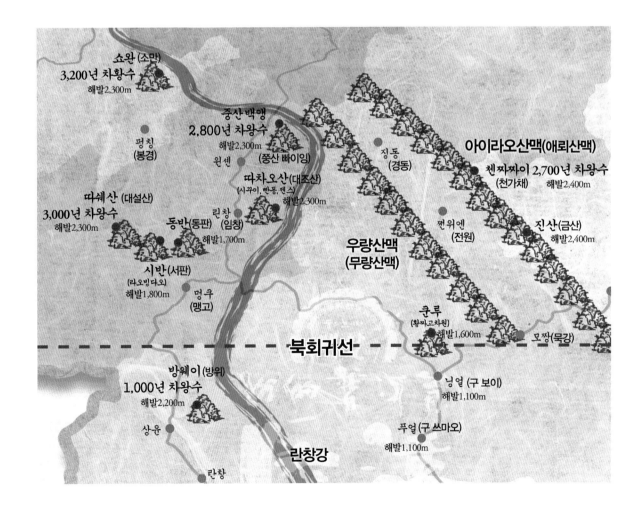

첸짜짜이(千家寨, 천가채)는

첸짜짜이 차왕수

첩첩산중의 구갑향(九甲鄕)이란 곳을 거쳐서 들어가야 하는 곳이어서, 과거에는 이곳에 태어나면 바깥세상 일을 전혀 알 수 없었습니다. 명나라 군대를 피해 이주한 사람들이 천 채의 집을 지었다 하여 천가채이며, 야생차나무의 보고로 널리 알려져 있습니다. 첸짜짜이 야생차는 평이하고 진산 야생차는 쓴맛이 일품입니다. 지금은 해발 2,300m를 기준으로 국가 보호구역이 설정되어 그 아래의 차나무는 채엽이 가능하지만 그 이상의 차나무는 채엽을 금지하며 보호하고 있습니다.

진산(金山, 금산)지역은

독일 광부들이 파놓은 금광의 흔적이 산속 곳곳에 동굴로 남아 있는 곳입니다. 지금은 노천광을 조성하여 금을 생산하는데 운남에서 생산되는 금의 대부분이 이곳에서 나옵니다.

애뢰산 야생 아포

쿤루산(困鹿山, 곤록산)은

우량(无量, 무량)산맥의 남단, 북회귀선이 지나는 곳에 있고, 아래쪽으로 30여 킬로미터 떨어진 곳에 닝얼(宁洱, 옛 보이현)이 위치합니다. 천년 야생 고차수와 사람이 심어서 가꾼 재배형 고차수가 있으나, 개체 수가 적고 야생 고차수는 국가산림보호구역에 위치하여 생산량이 미미합니다.

쿤루산 고차원

쿤루산 차왕수

쇼완(小曼, 소만)의 3,200년 차황수!

쇼완의 3,200년
차황수

쇼완(소만)은 란창강 서편 최북단에 있는 마을로, 이곳에 3,200살 된 차황수가 있습니다. 현재까지 알려진 가장 나이 많은 차나무입니다. 이 차황수는 해발 2,300m 지점에 위치하며, 장정 네 명이 팔을 펼쳐야 둘레를 감쌀 수 있을 정도의 엄청난 두께를 자랑합니다. 10년에 한 번씩 폭설이 내리면 주변의 재배차는 거의 동사하지만 이 나무만은 건재함을 과시하기도 합니다. 봉경현(鳳慶縣) 정부에서 차나무 주인에게 국가보호수 지정을 고지하고 "무얼로 보상해 줄까?" 물었더니, 보상금 이야기는 하지 않고 "내 나이 오십! 장가 좀 보내 달라!"고 했다는 말이 지금도 회자되고 있습니다.

쾌활 고차수 보이차를 제조하는 매년 2월이면 필자는 이 차황수를 친견하고 머리 숙여 고하며 한 해의 안녕을 기원하곤 했습니다. 주변의 고차수는 그 개체 수가 극히 적고 모두 재배차류입니다.

쇼완(소만)의 수령 3,200년 차황수

중산(中山)
바이잉(白莺, 백앵)차산

바이잉차산
현지 특강

중산 바이잉(백앵)차산은 수령 2,800년 된 차왕수가 있는 곳입니다. 또 단 한 그루에서 100kg 이상의 생잎이 채엽되는 차나무도 10여 그루 넘게 존재합니다. 이뿐만이 아닙니다. 천 년 넘는 수령의 차나무가 1,000그루 이상 군락을 이루고 있습니다. 게다가 얼가즈(二嘎子, 이알자), 헤이퇴즈(黑條子, 흑조자), 번산홍(本山红, 본산홍), 바이야즈(白芽子, 백아자), 멍쿠종(勐库種, 맹고종) 등 11종에 이르는 차나무들이 존재하는, '차나무자연사박물관'이라 불러도 좋을 정도로 다양한 고차수가 있는 매우 훌륭한 차산입니다.

지금은 한족이라고 주장하는 고산이족(高山彝族)이 500년 전 이곳으로 이주하여 정착하였습니다. 따라서 본래의 야생차나무가 가지 잘리기를 500년이나 해 온 것이고, 야생의 강력함은 순화되어 독특한 부드러움을 가진 품종으로 발전하였습니다.

필자는 2009년부터 바이잉차산에 정착하여 매년 소학교에 장학금도 전달하고 화장실도 지어주며 이곳 차산의 사람들과 함께 생활하였고, 수령 2,800년 된 얼가즈 차왕수와 헤이퇴즈 차왕수를 매년 채엽하여 직접 보이차를 제조하였습니다.

천 그루의 천년 차나무가 있는 바이잉차산

야생형 고차수의 새싹은 꽃처럼 피어난다.

따차오산(大朝山, 대조산)

따차오산 특강

린창시(临沧市) 동쪽에 있는 따차오(대조)차산은 해발 800m에 위치한 시꾸이(昔归, 석귀)촌이 마케팅의 힘으로 가장 유명하고, 반동(邦东, 방동)과 젠스(尖石, 첨석)의 차나무가 좋습니다.

필자는 산속의 수령 2,500년 특대엽종 차나무를 짜후이(家会) 8남매의 도움으로 찾아내고 몇 년간 그 잎으로 보이차를 제조해 왔습니다. 대조차산의 차가 특출난 것은 여러 품종의 차나무가 섞여서 제조되기 때문입니다.

그중에서도 텅툐즈(등조자) 품종은 대조산의 특수 품종입니다. 등나무 가지처럼 길게 자라는데 불어오는 바람에 휘어 자랄 만큼 넘실대는 가지를 보면 춤을 추는 군무를 보는 듯합니다. 포다의 맛도 풀륭하지만 달임차로 마실 때 최고의 맛을 보여줍니다.

등조자 품종의 차나무

등조자 품종의 차나무

따쉐산(大雪山, 대설산)

따쉐산과 라오빙다오
현지 특강

따쉐산(대설산)은 린창시 서단 멍쿠(맹고)현 북서부에 위치합니다. 8부 능선까지 모두 재배차가 자라고 있어 진정한 대설산 야생차를 만나기는 쉽지 않습니다. 또 해발 2,300m 이상의 지역은 산림공안이 지키고 있기 때문에 이곳에 있는 수령 3,000년 차왕수를 친견하고자 하더라도 허가를 받고 안내인과 함께 들어가야 합니다. 그래도 간다면, 왕복 5시간의 도보 산행에서 얻는 강력한 기쁨을 맛볼 수 있습니다. 애뢰산 2,700년 차왕수도 왕복 6시간이 걸립니다. 둘 모두 서남단을 향한 지형에 뿌리를 박고 있습니다. 멍쿠현 방향에서 이 산으로 진입할 경우 그 초입에는 신농단도 조성해 놓았습니다.

대설산 동단에서 가장 유명한 곳이 라오빙다오(老氷島, 노빙도)입니다. 운남 고차수 보이차 중 가장 비싼 차가 이곳의 차로, 1kg의 노빙도 보이 산차가 4만 위안(약 800만 원) 정도입니다. 250그루의 수령 500년 정도 된 차나무들이 마을 주변, 해발 1,800m 고도에서 자라고 있습니다. 포랑족 마을이지만, 이들과 결혼한 태족과 라후족도 있던 곳입니다.

2007년과 2008년, 당시에는 아무도 찾지 않던 이곳에서 생활하며 제조했던 노빙도 보이차는 어쩌면 지금까지 저를 있게 했던 삶의 원동력이 아니었나 싶습니다.

노빙도 동편에 동반산(东版山, 동판산)이 위치합니다. 250그루 정도의 고차수를 라후족이 가꾸며 살고 있습니다. 지금은 노빙도의 가격 폭등으로 이곳의 차도 가격이 함께 오르고 있습니다.

따쉐산 수령 3,000년 차왕수(2007년)

雲南古茶樹普洱茶

3

다시 생각하는
보이차의 정의

다시 생각하는 보이차의 정의

운남 보이차의 정의

운남 보이차가 무엇인가를 정의(定義)할 때. 그 핵심이 되는 판단 요소로 크게 세 가지를 말합니다.

첫째, 운남산인가?
둘째, 대엽종인가?
셋째, 쇄청(晒靑, 햇빛 말리기)을 했는가?

이상의 세 가지 조건을 만족시켜야만 운남 보이차인 것처럼 흔히 이야기되고 있습니다. 하지만 이런 정의는 만고불변의 진리는 아닙니다. 예컨대 한동안은 숙차가 아니면 보이차가 아닌 것처럼 정의되기도 했으나, 이제는 생차도 보이차로 인정되고 있습니다. 그런데 이는 사실 당연한 것입니다. 운남 보이차의 커다란 진실은 "황제가 보이차를 공납 받았고, 유일무이하게 '서공천조'라는 글씨를 직접 써서 편액을 하사했다."는 점입니다. 1723년부터 공납되던 보이차는 당연히 숙차일 수가 없습니다. 숙차는 1974년 이후 제다법이 개발되어 나온 차이기 때문입니다. 따라서 숙차 여부는 보이차 판단에서 기준이 될 수가 없는 것입니다. 그렇다면 위와 같은 세 가지 기준이 만들어진 이유는 무엇일까요?

첫째, '운남산' 여부는 운남지역 차농과 제다인들의 자부심이 투영된 결과라고 볼 수 있습니다. 운남은 차나무의 원산지일 뿐만 아니라 매우 다양한 종의 차나무들이 자라고 있는데, 이는 다른 지역 차나무들의 다양성과는 차원을 달리하는 것입니다. 그럼에도 이전까지 운남의 차나무는 그 다양성을 제대로 인정받지 못했습니다. 그 학명이 단 하나의 영문으로 통일되어 있을뿐더러 거기에는 동백을 의미하는 일본어까지 포함되어 있었기 때문입니다. 이처럼 자존심에 상처를 입고 있다가 최근에야 운남에 서식하는 133종의 차나무에 중국식 학명을 사용할 수 있게 되었습니다. 이것이 뎬산차(滇山茶)로 불리는 운남 차나무들입니다. 이에 따라 운남 사람들의 자부심도 매우 높아졌고, 운남산 찻잎이 아니면 보이차가 아니라는 기준을 만들어냄으로써 다른 지역과의 차별화에 역점을 두게 된 것입니다.

이방(의방) 특소엽종 고차수

둘째, 대엽종이 아니면 보이차가 아닌 것처럼 이야기하는데, 이는 잘못된 기준이라 여겨집니다. 운남을 대표하는 보이차 중에도 대엽종 아닌 차나무의 잎을 사용하는 보이차가 있기 때문입니다. 예컨대 이무는 석병(石屛)에 살던 한족들이 차순래의 행차를 따라 집단이주를 하면서 만들어진 새로운 마을입니다. 이부 6대차산 중 의방촌과 만공촌이 한족의 마을이라고 앞에서 말씀드렸습니다. 그런데 이곳에는 수백 년생 특소엽종 차나무가 아직도 군락을 이루고 있습니다. 애뢰산의 깊은 산속에도 소엽종 고차수가 있고, 경매지역의 차나무 또한 중소엽종이 대세를 이루고 있습니다.

그렇다면 왜 이런 현실을 무시하고 대엽종이라는 기준을 만들었을까요?

운남에서 한 편의 보이차도 가져가지 않았던 광동성 사람들이 1960년대 자금성에서 발견된 만수용단과 칠자병차, 보이차고를 보고 만들기 시작한 광동병차는 습한 창고에서 오래된 차처럼 보이게 만들어서 비싸게 팔아온 차류였습니다. 이 습창차를 본 운남 사람들은 운남의 보이차를 다른 지역의 차창에서 제조하지 못하도록 하고 싶었을 겁니다. 그래서 차별화를 위한 기준을 찾던 중, 다른 지역의 경우 명나라 다법을 따르다 보니 잎이 작은 소엽종만 남겨두고 대엽종 차나무는 모두 베어 없앴다는 것을 알게 됩니다. 따라서 대엽종을 보이차의 기준으로 정한다면 다른 지역의 차상들이 따라 만들지 못할 것이라고 판단한 것입니다. 여기에 앞서 언급한 '운남산'이라는 기준을 더하여 '운남산 대엽종'이라고 보이차의 기준을 정하면 누구도 흉내 낼 수 없는 확고한 자리를 차지할 수 있다고 여겼을 것입니다.

셋째, 햇빛 말리기를 한 '쇄청 모차' 부분은 운남에서조차 스스로 지키지 못하는 기준이어서 현실성이 없습니다. 운남의 계절은 크게 건기와 우기로 나뉘는데, 4월 5일 이전에 첫물차를 따고 나면 곧바로 우기가 시작되어 가을차를 딸 때까지 거의 매일 스콜성 소나기가 쏟아집니다. 찻잎을 온전하게 햇빛에 말리기가 매우 어려운 조건입니다.

또 대형 차창의 경우 많은 양의 찻잎을 가공하기 때문에 햇빛에 말릴 수 있는 넓은 공간이 부족하고, 실제로 대부분의 차창에서는 찻잎을 건조기에 넣고 4시간 만에 건조하는 방법을 사용하고 있습니다. 엄밀히 따지자면 운남 사람들 스스로 정한 기준을 스스로 지키지 못하고 있는 것입니다.

따라서 운남 보이차의 정의는 이 시대 힘 있는 몇몇 차창과 이에 동조한 지식인들이 써낸 불합리한 정의에서 벗어나, 역사와 전통을 이어가야 한다는 입장에서 다시 정립되어야 한다고 생각합니다. 그래서 필자 나름으로 내려본 '운남 고차수 보이차'의 새로운 정의는 이런 것입니다.

운남지역에 자생하는 차나무에서
우기가 시작하기 전 채엽하여
한 번 덖고 한 번 비비고 햇빛에 한 번 말린 후
한 번의 증차(蒸茶)와 돌누름을 통해
그늘에 말려서 제조한 산차와 덩이차

雲南古茶樹普洱茶

4

차나무의 구분
– 재배차와 야생차

133종의
운남 차나무

차나무의 직근성

운남의 차나무는 133종으로 구분된다고 들었습니다. 우리나라의 소엽종 6품종에 비하면 엄청난 차나무 품종의 보고입니다.

차나무의 뿌리는 직근성(直根性)을 가집니다. 사진은 운남성 고(古)육대차산 중 혁등차산의 차나무를 뽑아본 것입니다. 이무차순호 5대손 차지신 선생님과 함께 차산 활동 중 차나무의 직근성을 실제로 확인했습니다. 큰 나무는 너무 깊어 뽑을 수 없고, 작은 나무를 뽑아본 후 다시 심었습니다.

운남성 꺼덩(혁등)의 차나무 뿌리

직근성을 지닌 차나무의 뿌리(대한민국 고성)

이 사진은 한국의 차나무 뿌리입니다. 이만식 경동대 부총장님께서 보내주신 사진입니다.

교목과 관목, 재배와 야생

교목과 관목

사람 키를 기준으로 키를 넘기는 차나무를 교목(喬木)으로 분류하고, 키보다 작은 나무는 관목(灌木)으로 분류합니다. 사람의 손길이 얼마나 미쳤는가에 따라서도 차나무를 분류할 수 있는데, 야생차와 재배차의 구분이 그것입니다. 이런 두 가지 기준을 혼합하여 운남의 차나무를 분류하면 대체로 다음과 같이 나눌 수 있습니다.

- **교목 고차수**
  - ① **야생 차나무** 인간의 손길이 최소한으로만 미친 진정한 야생의 차
  - ② **야생형 차나무** 본래 야생 차나무였으나 환경이 바뀌고 변종이 일어나서 야생의 성품은 가지고 있되 지금은 야생이 아닌 차나무
  - ③ **재배형 고차수** 사람이 사는 곳이 해발 고도가 비교적 낮다보니 야생차의 씨앗이나 줄기를 베어와 심어서 독립수로 가꿔 놓은 차나무

- **관목 재배차** 대량생산을 목적으로 밀식으로 심어놓은 재배차

라오빙다오의 교목 차나무(좌)와 따뚜깡의 관목 차나무(우)

재배차는 다시 두 가지로 나눌 수 있습니다. 우선 사람 키를 넘기는 교목 형태의 독립수로 자라는 일명 대수차가 있습니다. 다른 하나는 사람 키를 넘기지 않는, 우리가 일반적으로 생각하는 사람 허리 이하 정도로만 자라는 관목 형태의 밀식형 차나무입니다.

밀식형 재배차를 키우는 다원은 대량생산을 목적으로 산의 경사면에 빗물이 잘 빠지도록 계단식으로 차밭을 조성합니다. 차나무는 사람의 허리 이상 자라지 않도록 전지(剪枝)를 하기 때문에 관리가 쉽습니다. 단점은 밀식으로 인해 땅의 영양분이 결핍될 수 있으므로 지속적으로 잡초를 제거하고 영양을 보충해주어야 한다는 것입니다.

과거에는 사람이 땅을 일궈서 풀을 제거하고 친환경적인 용성인비(熔成燐肥)를 주로 사용하였으나, 현재는 손쉬운 화학비료 살포, 방충을 위한 농약과 풀을 없애기 위한 제초제의 남용으로 많은 우려를 낳고 있는 실정입니다. 모두 땅을 부당하게 살찌우고 그 위에서 키워낸 작물이라 하겠습니다.

또 대량생산을 위해 주변의 나무 그늘을 없앴기 때문에 차나무는 강력한 태양 복사열에 의한 수분 증발에 저항하려고 차나무 스스로 더 두꺼운 큐티클 층(일종의 각질층)을 만드는 악순환이 반복됩니다.

이러한 재배 차나무 다원은 해발 1,100m를 중심으로 주로 펼쳐집니다. 맹해현과 보이시 등 따뚜깡(대도강) 만무다원(1무 = 220평)을 비롯한 대부분의 밀식 재배차 다원들이 이에 속합니다.

밀식형 재배차 다원의 농약 살포

재배형 고차수

재배형 고차수는 주로 수령 300~400년 된 차나무가 대부분이며 일부 지역에 500년 정도 된 차나무들이 있습니다. 해발고도 1,300~1,800m 정도에 주로 분포합니다. 해발 800m 정도에 위치한 석귀(시꾸이)를 제외하면 여러분이 알고 있는 거의 모든 고차수 군락이 이에 해당합니다.

해발 1,300m 언저리에 형성된 재배형 고차수 다원으로는 이무정산, 혁등, 망지, 의방, 만전, 유락, 포랑, 반동 등이 있습니다. 해발 1,600m 정도의 사례로는 남나, 파사, 파량 등이 있습니다. 해발 1800m 정도의 차산으로는 멍송, 경매, 방웨이, 노빙도, 동반 등이 해당합니다.
해발 2,000m 정도에 위치하는 차산도 있는데, 화주량즈가 여기에 해당합니다.

이러한 재배형 고차수는 소수민족 대이동과 그 맥락을 함께합니다. 맛은 같은 품종이라 하더라도 차산의 환경과 땅의 성품에 따라 여러 가지 맛으로 분화합니다. 먼저 중·소엽종과 줄기가 보이는 이무정산 일대의 차들은 살짝 달고 시원하며 여성스러운 느낌입니다. 반면에 하니족이 이주하며 심어놓은 혁등, 유락과 강외지역 차산들의 차는 남성적인 편이어서 단맛은 없고 떫거나 쓴맛을 약하게 지니고 있습니다. 남나가 가장 남성적이고, 화주량즈는 호쾌하며, 파사는 중성적이고, 포랑은 묵직하며, 맹송은 외할머니 같고, 경매는 완숙미 넘치는 중년의 여인 같다 하겠습니다.

남나산의 재배형 고차수

야생형 고차수

야생형 고차수는 원래는 야생 고차수였으나, 소수민족이 이주하여 차나무 주변의 다른 나무를 모두 베어버리고 산림을 개간하며 남겨둔 차나무를 말합니다. 매년 한두 차례 가지치기 방식으로 채엽한 것이 이미 수백 년이나 되었기에 야생의 성질은 가지고 있으나 순화된 품종의 고차수입니다.

대표적인 곳이 해발 2,300m 정도에 위치한 중산 백앵차산의 수령 2,800년 된 차나무이며, 이곳에는 천 년 이상 된 차나무 1천여 그루가 자라고 있습니다. 대표 품종으로는 얼가즈(이알자), 헤이툐즈(흑조자), 번산홍(본산홍) 등이 있습니다.

바이잉(백앵)차산의 야생형 고차수

대조산 특대엽종 고차수도 야생형 고차수에 해당합니다. 다 자란 잎이 사람 얼굴 크기 정도 되는, 운남 전역에서도 보기 힘든 차나무입니다. 이곳의 대표적 품종으로는 텅탸오즈(藤条子, 등조자)가 있습니다.

이러한 야생형 고차수의 새싹은 야생 고차수와 미찬가지로 꽃봉오리처럼 한 번에 피어나는 성질도 가지면서 동시에 재배차의 특징인 하나하나 피는 특성도 함께 가지고 있습니다. 사람들에 의해 가지치기 방식으로 수백 년간 채엽이 이루어지다 보니 전봇대 같은 줄기의 성품은 잃고 지표 부근에서부터 여러 가지로 자라나는 형태로 진화하였습니다.

야생형 차나무의 잎으로 만든 차 맛은 은은하고 순하며, 음계로 표현한다면 낮은 도 정도의, 범종의 여운 같은 소리라 표현하고 싶습니다. 얼가즈는 최상의 맛이고, 흑조자는 너무나 부드러우며, 본산은 여성의 향기이고, 대조는 그 모두를 함께한 느낌이며, 등조자는 시원한 청년이었습니다.

대조산 특대엽종 야생형 고차수

야생 고차수

진정한 야생 차나무 대표 군락지는 애뢰산입니다. 대설산 정상부에도 야생 차나무 군락지가 있지만 애뢰산에 비할 수는 없습니다. 애뢰산의 대표 군락은 천가채와 금산 일대에 있습니다. 해발 2,300m 정도에 차산이 주로 분포하는데, 애뢰, 소만, 백앵, 대설이 여기에 해당합니다.

야생의 차나무는 한 곳에 밀집하지 않습니다. 가장 가까운 차나무가 최소 50m 정도 떨어져 있으며 보통 200m 이상 떨어져 독립수로 생활합니다.

애뢰산 야생 차나무의 특징은 전봇대처럼 중간에 난 가지 없이 길쭉하게 올라가다가 지상으로부터 5~10m 정도에서 가지가 나뉘는 형태입니다. 해발 고도가 높고 야생의 환경에 있다 보니 줄기 대부분이 이끼 옷을 입고 있습니다.

애뢰산 천년 야생 고차수

야생 고차수

야생 고차수의 새싹

2월 4일의 입춘 무렵부터 자라나는 새싹은 9장이 겹쳐져서, 합장하듯, 꽃봉오리처럼 감싸고 자라납니다. 이 새싹을 2월 19일 우수 무렵에 채집하는데, 3월 21일 춘분 무렵 꽃처럼 한 번에 피어난 후 채엽을 하면 한 줄기에 거의 같은 크기의 찻잎들만 있고 아포가 없는 형태가 됩니다.

새싹은 아포(芽包) 형태로만 존재하고, 피고 난 찻잎에는 아포가 없는 모양이 야생차의 대표적 특징이라 하겠습니다.

대설산 야생차는 안타깝게도 차나무는 보았으나 직접 만들어 맛보지는 못했습니다. 2007년 당시 이미 국가보호구역으로 지정되어 군락의 차나무는 채엽이 금지되었고, 8부 능선 아래 거의 대부분 지역에서는 재배차가 밀식으로 자라고 있었기 때문에 아쉬움이 많이 남습니다.

애뢰산의 천가채 차는 맛이 순합니다. 다른 차들은 보통 5g을 사용하여 음다를 하지만 진품 야생차의 경우 2g만 사용합니다. 2g만으로도 '색즉시공 공즉시색'의 표현이 무상할 정도로 깊은 맛을 계속 냅니다. 5g을 사용하는 다른 차보다 두 배 이상 오래, 그 진미를 잃지 않고 뿜어 올리는 것입니다.

황금이 많이 생산되는 금산 지역 야생차는 쓴맛이 일품입니다. 물 3ℓ에 2g의 차를 넣고 두 시간 달였을 때, 다른 어떤 차도 흉내 낼 수 없는 '진공묘유'를 경험할 수 있었습니다. 3ℓ 물에 2g의 차라는 것은 아주 적은 양인데, 그 2g의 차가 3ℓ의 물에 뿜어낸 힘은 함께 차를 마신 모든 분을 미소 짓게 했습니다.

해발 고도와
백호(白毫)의 유무

야생과 재배의 구분

해발 2,000m를 기준으로 그 이하 지역 차나무의 새싹에는 흰털이 있고, 그 이상 지역 차나무의 새싹에는 흰털이 없습니다. 왜 그럴까요?

해발 고도가 낮은 지역은 상대적으로 따뜻하여 벌레가 많고, 차나무 스스로 새싹을 보호하기 위해 가시 역할을 하는 흰털을 만들어 새싹을 보호해야 생존경쟁에서 우위를 점할 수 있기 때문입니다.

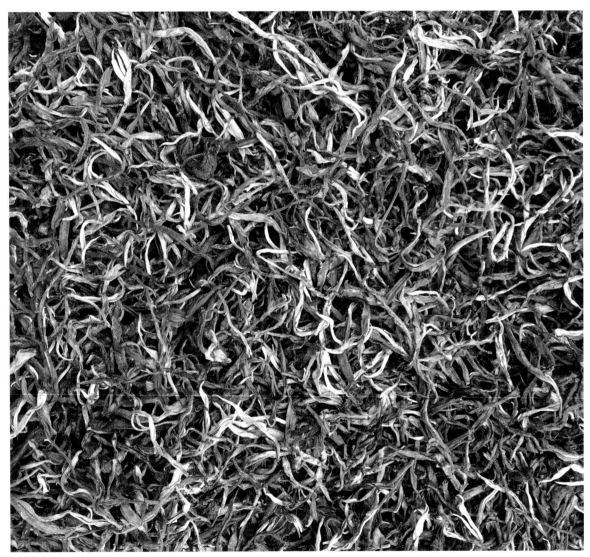

흰털(백호)이 있는 해발 2,000m 미만의 차

해발 고도가 높은 곳은 상대적으로 추워서 벌레가 별로 없는 시기에 새싹이 나오므로 일부러 에너지를 낭비하지 않아도 되기에 가시 같은 털을 만들지 않습니다. 겨우살이와 같이 추운 겨울옷을 홀랑 벗고 있는 형국인지라 한방에서는 따듯한 성질의 화기 (火氣)를 가진 것으로 봅니다. 엄청난 불구덩이가 아닌 성냥불과 같은 작은 불꽃으로 보는 것입니다. 해발 2,000m 이상의 차나무에서 제조한 보이차를 따듯한 성질의 보이차로 말하는 것이 이러한 이유입니다.

2월 4일 입춘이 되더라도 해발 2,300m 이상의 고산지대는 한기가 느껴지고 가끔 눈이 내리거나 우박도 떨어지는 환경입니다. 따라서 흰털 옷도 없이 추위를 이기고 피어나는 찻잎은 작지만 따스한 기운들을 모으는 작업을 하게 됩니다.

반대로 해발 고도가 낮은 지역의 차나무 잎에는 흰털이 많습니다. 대표적인 곳이 해발 1,300m의 노반장입니다. 노반장의 찻잎은 버드나무 잎처럼 길고 얇은 것이 특징이며, 표면에 털이 많기 때문에 병차로 만들어놓았을 때 줄기가 보이지 않고 눈에 보이는 절반 정도가 흰털이어야 노반장 고차수 보이차로 인정을 합니다.

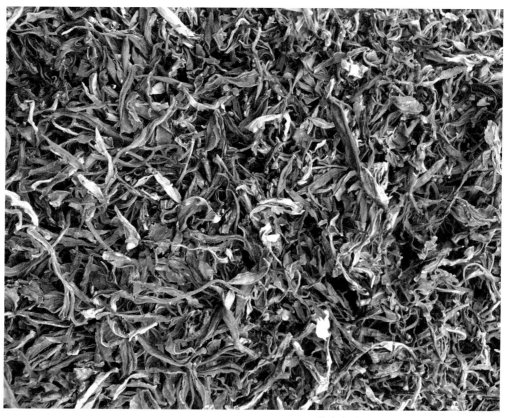

흰털이 없는 해발 2,300m 이상의 야생차

진정한 야생차와 일반 재배형 고차수의 간단한 구분은 앞에서 설명한 것처럼 백호(흰털)의 유무로도 알 수 있지만, 피어나는 잎의 모양으로도 구분합니다.

야생차는 한 번에 피어나는 꽃봉오리처럼 야빠오(芽包, 아포)의 형태를 띱니다. 9장의 찻잎이 합장하듯 모두 모여 있다가 꽃피듯이 슬슬슬 한 번에 피어납니다. 그리고 천천히 생장합니다.
나온 잎은 붉거나 녹빛이지만 가공하고 나면 검은빛을 띠며 우리거나 달이면 다시 녹빛으로 돌아가는 특징이 있습니다.

그러나 북회귀선 아래 지역의 야생차는 해발고도가 낮아 야빠오(아포) 형태를 띠더라도 흰털이 있습니다. 흰털이 없는 북방계 야빠오와 다른 분별점입니다. 흰털이 많은 미얀마 야생 야빠오가 운남 야생차로 둔갑되기도 합니다.

재배형 고차수의 새싹

재배형 고차수의 경우 일반 밀식형 재배차와 구분하기가 쉽지 않습니다. 전문가들은 그 지역의 대세종을 알고 있기 때문에 줄기와 잎의 모양을 보고 판단할 수 있지만, 일반인은 알아보기 어렵습니다.

일단 재배형 고차수는 해발 고도 때문에 흰털(백호)이 많고
한 잎 한 잎이 줄기와 함께 성장하기 때문에
특소엽종의 경우 줄기가 더디게 자라고
중소엽종의 경우 줄기가 빠르게 자라며
대엽종은 줄기보다 잎의 생장이 빨라서

가공 후에
특소엽종은 줄기가 보이지 않고 작은 잎만 보이며
중소엽종은 병차의 병면에 3~4개의 줄기가 앞뒤로 보이고
대엽종의 경우 큰 잎만 보입니다.
또 잎 크기와 상관없이 모두 흰털(백호)이 보입니다.

일반 재배형 고차수는 1년에 최소한 3회 채엽하기 때문에 스스로의 생존을 위해 한 잎 한 잎 빠르게 자라는 방식으로 성장합니다.
우리가 알고 있는 노반장, 노빙도, 이무정산, 남나, 맹송, 경매 등 거의 대부분의 고차수 군락이 이러한 특성을 지닙니다.

북회귀선 이남의 고차수들

북회귀선을 기준으로, 그 이남에 있는 차산들의 고차수 평균수명은 300년 정도입니다. 천 년 이상 된 차나무도 존재하지만 몇 그루 되지 않습니다.

방웨이 차산의 천년 차나무가 가장 큰 나무로, 한 번에 50kg의 생엽을 채엽할 수 있고 이를 가공하면 12kg의 차를 얻습니다. 파달산 1,700년 차나무는 이미 죽었기 때문에 생략하겠습니다. 그다음으로 큰 차나무가 파사 차왕수와 남나산 차왕수입니다. 두 차왕수 모두 필자가 직접 채엽하고 제조해 보았습니다. 파사 차왕수는 건기를 마치고 봄차 한 번 채엽에 10kg의 생엽이 나왔고, 가공 후 2.3kg의 산차가 제조되었습니다. 남나산 차왕수도 파사 차왕수와 거의 같습니다.

노반장 차왕수는 한 번 채엽할 때 100만 위안이라는 높은 가격에 계약되는 것이 공공연한 사실입니다. 하지만 한 그루 채엽에서 2kg 미만의 생엽이 얻어지고 결과적으로 500g도 안 되는 가공차가 만들어집니다. 이 때문에 차왕수 옆에 있는 두 번째로 큰 차나무를 황후수라 칭하고 이 나무의 잎을 함께 채엽해서 가공하는 해프닝도 벌어지고 있는 것이 현실입니다.

시솽반나에서는 남나와 파사 차왕수를 제외하고 더 큰 차나무는 사실상 없다고 보아도 무방합니다.

파사 차왕수의 채엽

북회귀선 이북의 고차수들

북회귀선 이북에는 수령 수백 년에서 3,200년에 이르는 야생 차나무가 존재하며, 운남에서도 천 년 이상 된 차나무는 거의 모두 북회귀선 이북에 위치합니다.

소만 3,200년 차나무, 대설산 3,000년 차나무, 애뢰산 2,700년 차나무의 경우 국가보호수여서 채엽이 금지되었기 때문에 정확한 산출량은 알 수 없습니다. 필자의 과거 경험에 의하면, 2,000년 정도 된 고차수 한 그루에서 생엽 123kg이 채엽되었으며 가공 후 25kg의 산차가 제조되었습니다. 가장 적게 나온 차나무의 경우 생엽 75kg이 채엽되었으며 15.6kg의 산차가 제조되었습니다. 북회귀선 남단의 차나무들과는 비교도 할 수 없는 양입니다.

린창 지역의 차나무 군락이 알려지기 시작한 건 2009년 노빙도가 세상에 알려지면서입니다. 그 이전에는 북회귀선 이남에 있는 파달산 1,700년 차나무가 가장 큰 차나무였고 남나산 800년 차나무가 두 번째 큰 차나무로 인정되었습니다.

애뢰산 야생 아포 가공

린창 지역의 대표적 소수민족은 와족(佤族)입니다.

와족은 과거 수염 있는 사람들의 목을 베어 마을 입구에 걸어두는 '런뭐장'이라는 특수한 문화가 있던 민족입니다. 란창강을 넘어 과거 미얀마 지역이던 린창 지역이 중국에 편입되면서 지역을 장악한 공산당들에게 이러한 문화는 미개한 것으로 판단되었고, 당장 없앨 것을 권고하였으나 말을 듣지 않자 지역의 지도자들을 모아 놓고 "사람 머리를 베는 전통을 없애지 않으면 모두 죽이겠다."고 겁박을 하게 됩니다. 와족 대표자 회의가 열리고 오랜 전통을 한 번에 없앨 수 없으니 마지막 한 번으로 조상에 고하고 그만하겠다고 보고합니다. 공산당도 보고를 받고 암묵적 방조를 하게 되었고, 와족은 마지막 제물로 한족 공산당원을 잡아다 목을 베었다고 합니다. 이후 와족은 사람의 목을 베지 않고 대신 물소의 목을 베어 마을 입구에 내걸게 되었습니다. 하지만 이런 소식을 들은 한족들은 경악을 금치 못하였고, 린창 지역에 가기를 몹시 꺼리게 되었습니다. 2005년까지도 린창으로 가는 길은 단 한 노선만 포장도로고 나머지 모든 길이 비포장이었는데, 이런 이유가 있었던 겁니다.

나관중의 《삼국지》에는 제갈량의 남만 정벌 이야기가 나오는데, 독충과 독사, 풍토병 등으로 병사들이 고통받는 장면이 자주 등장합니다. 한마디로 사람 살 곳이 못 된다는 겁니다. 한족의 입장에서는 운남의 밀림과 환경에 노출되기를 꺼리게 되었고, 운남에서도 가장 늦게 발전되기 시작한 곳이 린창 지역입니다.

이것이 천 년 이상 된 차나무들이 훼손되지 않고 잘 보존된 이유라고 저는 생각합니다.

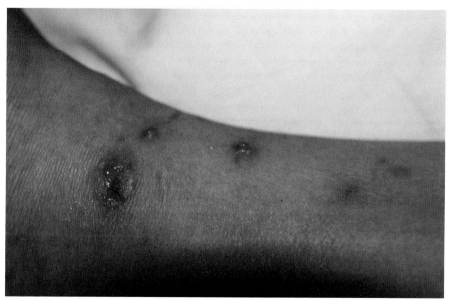

3년이 지나도 사라지지 않는 린창 지역 독충의 흔적

한작문화의 꽃
보이차

제가 생각하는 차나무의 구분을 다시 한번 정리해 보겠습니다.

야생 고차수 아이라오(애뢰)산, 따쉐(대설)산
야빠오(아포) 형식으로 새싹이 나오는 품종
누구도 그동안 채엽하지 않았기에 차기가 강하고 1~2g만 사용
해도 풍부한 진미가 있는 차류

야생형 고차수 바이잉(백앵)산, 따초(대조)산, 방웨이(방위)
야빠오(아포) 형식으로 새싹이 나오지만 수백 년간 사람들이
채엽하여 야생성을 일부 잃고 차기가 부드러워 5g 정도 사용
해야 진미가 있는 차류

재배형 고차수 우리가 알고 있는 대부분의 고차수 차산
야생 고차수의 씨앗이나 줄기를 가져와 해발 고도가 낮은 지
역에 심어 수백 년의 채엽 과정을 반복하였기에 5g을 사용하
는 것이 기본인 차류

밀식형 관목 재배차나무 대량생산을 목적으로 수많은 품종을 교접하여 밀식
하였기에 비료를 통해 부당하게 살찌운 땅에서 생장하는 차류

고차수는 모두 사람 키를 넘기는 교목의 형태로 독립수이며, 밀식형 재배차
는 사람 키를 넘기지 못하는 관목형 차나무입니다.

이러한 차나무들은 해발 고도에 따라 분포 양상이 다르게 나타납니다.

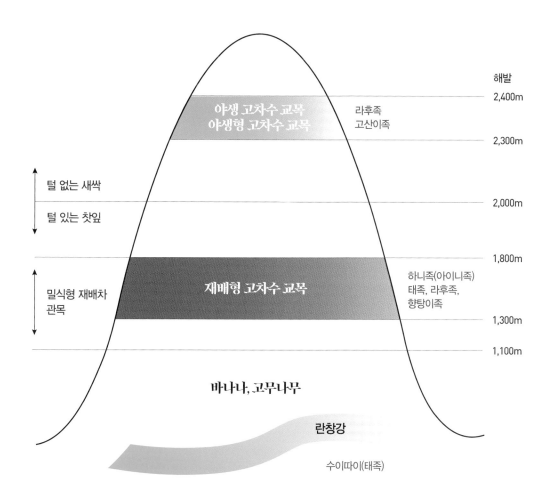

일반 밀식형 재배차   해발 1,100m에서 가장 많고 1,600m까지 분포

재배형 고차수   해발 1,300m에서 1,800m까지 주로 분포

야생 고차수, 야생형 고차수   해발 2,300m에서 2,400m에 분포

해발 2,000m를 기준으로 그 이상 지역의 차나무는 새싹에 털이 없으며, 그 미만 지역의 차나무 새싹에는 털이 납니다. 해발 고도가 낮을수록 털이 더 많아지는데, 그 이유는 식물의 방어기제 때문입니다. 해발 고도가 낮을수록 날씨가 덥고 벌레가 많기 때문에 벌레로부터 새싹을 보호하려고 스스로 그렇게 진화한 것입니다.

야빠오(아포)

야생과 재배의 구분은 새싹이 야빠오(아포) 형식으로 나느냐 그렇지 않으냐로도 구분할 수 있습니다. 야생의 고차수는 야빠오(아포) 형식으로 합장하듯 꽃봉오리처럼 피어올라 한 번에 꽃처럼 피기 때문에 핀 후에는 새싹이 없습니다. 2월 4일 입춘부터 나기 시작하여 2월 19일 우수 무렵이면 만들어지기 때문에 가장 빠른 차의 시작이 됩니다.

하나의 아포 속에는 9장의 찻잎이 숨어 있습니다. 아포를 우리거나 달였을 때 끊임없는 풍부함이 우러나오는 이유입니다. 야빠오 형식의 새싹에 털이 있다면 해발 2,000m 미만의 미얀마 지역 야생차일 확률이 80퍼센트 이상입니다. 운남 야생의 야빠오는 해발 2,300m 이상에 있기 때문에 털이 없습니다.
털이 많은 고차수 차류의 대표는 라오반장(노반장)입니다. 해발 1,300m이면서 새싹이 나오는 3월 5일 무렵은 벌레들이 활발히 활동하는 시기이기 때문에 채엽 후 가공해놓으면 절반 정도가 흰털(백호)이 보여야 진짜 노반장입니다. 일반 밀식 재배차의 경우 기본 해발이 1,100m이다 보니 품종에 따라 흰털은 더욱 풍부할 수 있습니다.

2021년 모든 야생의 산림을 감시 카메라로 실시간 모니터링할 수 있는 설비가 마련되었고, 고차수의 채엽과 운송, 거래 모두 불법이 되었습니다. 앞으로 진정한 야생차는 더 이상 만들어질 수가 없다는 뜻입니다.

전봇대 같은 애뢰산 차나무

雲南古茶樹普洱茶

5

보이차의 제조

같은 차나무에서 채엽했더라도 제조 방법이 다르면 다른 차가 됩니다. 녹차의 제다법으로 가공하면 녹차가 되고, 홍차의 방법으로 제조하면 홍차가 되며, 대홍포의 방법으로 제조하면 대홍포가 되고, 숙차의 방법으로 제조하면 숙차가 되는 것입니다. 진정한 보이차는 다음과 같은 방법으로 제조되어야 비로소 보이차라 말할 수 있습니다.

남나산 차왕수 채엽(2019년)

전 수공
보이차 제조 과정

완벽한 야생의 금산(애뢰산 지역) 고차수는 전봇대 같은 모습의 차나무로, 이끼 옷까지 두껍게 입고 있기 때문에 미끄러워서 아예 올라갈 수가 없습니다. 3인 1조로 돌에 줄을 묶고, 나뭇가지에 걸친 후 가장 가벼운 사람을 묶어 두 사람이 잡아당겨 차나무에 올라가게 합니다. 올라간 사람은 준비한 정글도로 가지를 쳐서 떨어뜨리고, 아래의 두 사람이 떨어진 차나무 가지를 모은 후 채엽하여 야생의 찻잎을 얻습니다.

중산 백앵의 차나무와 대조산의 차나무는 가지가 여러 줄기로 뻗어 있습니다. 한 그루에 보통 여덟 명 이상이 올라간 후 준비한 줄로 가지와 가지를 묶고, 줄을 밟고 올라서서 준비한 정글도로 가지를 잘라 밑으로 떨어뜨려 채엽을 했습니다. 하지만 현재는 가지를 쳐내지 않고 채엽하는 방식으로 바뀌었습니다.

남나, 맹송, 화주량즈, 노반장, 노빙도 등 400년 전 이주한 소수민족이 심어놓은 차나무의 경우, 나무에 올라가 1아3엽으로 채엽하는 것을 기본으로 삼습니다.

벌이철지

가지를 통째로 잘라내서 하는 채엽

2.
찻잎 수송 (背茶)

금산(애뢰)이나 대설산에 있는 야생 차나무는 마을에서 보통 편도 2~3시간은 걸어가야 채엽이 가능한 곳에 위치합니다.

수령 300~500년 된 차나무는 보통 이주민족이 마을 주변 또는 마을에서 편도 1시간 이내의 지역에 심어놓은 차나무 군락입니다.

찻잎 따기가 완료되면 등에 짊어지고 마을까지 이동합니다.

중산 백앵차산 2,800년 차왕수 한 그루에서 채엽된 찻잎을 여러 명이 등짐을 져 나르고 있다.

3.
시들리기(堆茶)

집까지 가져온 찻잎은 일정 두께로 쌓아 놓고 시들리기를 합니다. 찻잎이 잘 시들려져야 그다음 단계인 한 번의 덖음에서 타지 않고 잘 덖어질 수 있습니다. 시들리기를 할 때 찻잎 더미 표면의 온도는 25도, 찻잎 더미 내부의 온도는 28도입니다.

중산 백앵차산에서 직접 살청을 하는 모습

4.
솥에서 덖기(杀青)

찻잎의 산화효소작용을 막아 부패를 방지하고 큐티클 층을 녹여내는 것에 목적이 있으며 현재는 306도의 쇠솥에서 15분가량 한 번 덖어냅니다. 이때 찻잎의 온도는 최고 76도입니다. 쇠솥이 없던 과거에는 대나무를 쪼개서 사이에 끼운 후 불에 구워서 살청을 하거나 토기솥을 이용하여 덖었습니다.

해발 고도가 높은 곳에서 채엽하여 찻잎에 흰털이 없는 차는 보통 다음 날 해 뜨는 시간에 덖고, 해발 고도가 낮은 곳에서 채엽하여 흰털이 많은 차는 당일 저녁에 덖습니다. 해발 고도 2,300m 이상 지역의 차는 털이 없는 대신 큐티클 층이 두껍기 때문에 밤새 시들리기를 해주어야 수분이 어느 정도 빠지기 때문에 다음 날 아침에 덖는 것입니다.

맨손 살청

5.
비비기(揉捻)

차순호 유념

덖어진 차는 식힌 후 유념(비벼주기)을 합니다. 유념에는 두 가지 목적이 있는데, 첫째는 찻잎 표면의 큐티클 층을 벗겨내는 것이고, 둘째는 세포벽을 붕괴시켜 찻잎 안의 성분이 잘 용출되도록 하기 위함입니다.

큐티클 층이 덜 떨어지면 차가 떫어집니다. 손으로 유념을 하는 경우 큐티클 층이 떨어저 나가는 것을 촉감으로 알 수 있기 때문에 그 차는 보통 떫지 않습니다. 반면에 기계로 유념한 차는 큐티클 층이 모두 떨어져 나가지 않기 때문에 떫은맛이 날 수 있습니다.

멍송차산 쇼옌의 찻잎 비비기

6.
햇빛 말리기(晒干)

햇빛 말리기

북회귀선이 지나가는 운남지역 이른 봄의 햇빛 온도는 45도입니다. 하루 동안의 햇빛 말리기를 통해 찻잎의 수분은 10퍼센트 미만으로 떨어지고 비로소 보이차 산차가 만들어집니다. 다른 모든 차와 구별되는 보이차만의 특별한 제다 공정이 바로 햇빛 말리기입니다.

대형 채반을 이용한 햇빛 말리기

찻잎에 섞여 있는 불순물과 솥에서 변해버린 황편을 고르는 과정입니다. 필자가 만드는 쾌활보이차의 경우 세 번에 걸쳐 고르기를 진행합니다. 고르기 과정 중 땅에 떨어진 잎은 다시 줍지 않습니다.

야생차 고르기

젓가락을 이용한 고르기 과정

8.
산차 보관(保管)

운남 보이차는 2월 20일 무렵부터 4월 5일 청명 무렵까지 채엽되고 가공됩니다. 햇빛 말리기를 끝낸 차는 청명까지 일정 기간 보관하게 되는데, 보관되는 촌락과 가옥의 형태에 따라 보관향이 남을 수 있습니다.

운남 소수민족의 가옥은 구조상 벽체가 완벽하게 공간과 공간을 차단하지 않습니다. 이 때문에 주방에서 피운 연기가 온 집안으로 퍼져나가 모기나 파리 등 해충을 쫓는 역할을 합니다. 하지만 이런 곳에 산차를 밀봉하지 않고 자루에 보관하면 차에서 훈연향이 날 수 있습니다.

반드시 비닐에 밀봉하고 상자에 넣어 보관해야 잡내로부터 자유로울 수 있습니다.

병차는 357g이 기본 무게로, 이런 차의 무게 기준은 1723년 세금을 정확히 징수하기 위하여 정해진 것입니다. 그럼 왜 하필 357g일까요? 병차 1편의 무게를 357g으로 하면, 7자병차는 2.5kg이 되고, 1껀(1박스) 42편은 15kg이 되며, 말 한 마리에 좌우로 4껀을 지우면 총 60kg이 됩니다. 그리고 이 정도가 말이 짐을 지고 하루 25km를 갈 수 있는 무게입니다.

이렇게 역사적으로 병차 1편은 357g을 기본으로 했지만, 현대에 들어서는 500g 또는 1kg, 2.5kg 등 다양한 무게와 부피로 제조되고 있습니다.

10.
수증기로 찌기(蒸茶)

아래 솥에 찻물을 넣고 수증기를 만들어냅니다. 뚜껑 역할을 하는 솥 중앙에 구멍을 뚫어 수증기가 집중되도록 하고, 무게를 잰 차를 통에 넣어 증차(蒸茶)합니다. 보이차는 한 번의 덖음과 비비기, 햇빛 말리기, 그리고 한 번의 증차를 통해 독특한 성질로 거듭나게 됩니다. 증차의 시간이 짧으면 병차의 집속이 좋지 않고 너무 길면 찻잎을 버리게 됩니다. 강한 수증기를 통한 적정한 증차 시간이 중요합니다. 증차 시 보이차의 생산자를 알 수 있도록 내비(內飛)를 넣어줍니다. 내비는 누가 만들었는지 알아보기 위해 병차에 함께 긴압하여 넣은 종이 쪽지를 말합니다.

수증기를 쬔 차는 다포에 담아서 모양을 만들어줍니다.

11.
성형(成型)

증압 성형

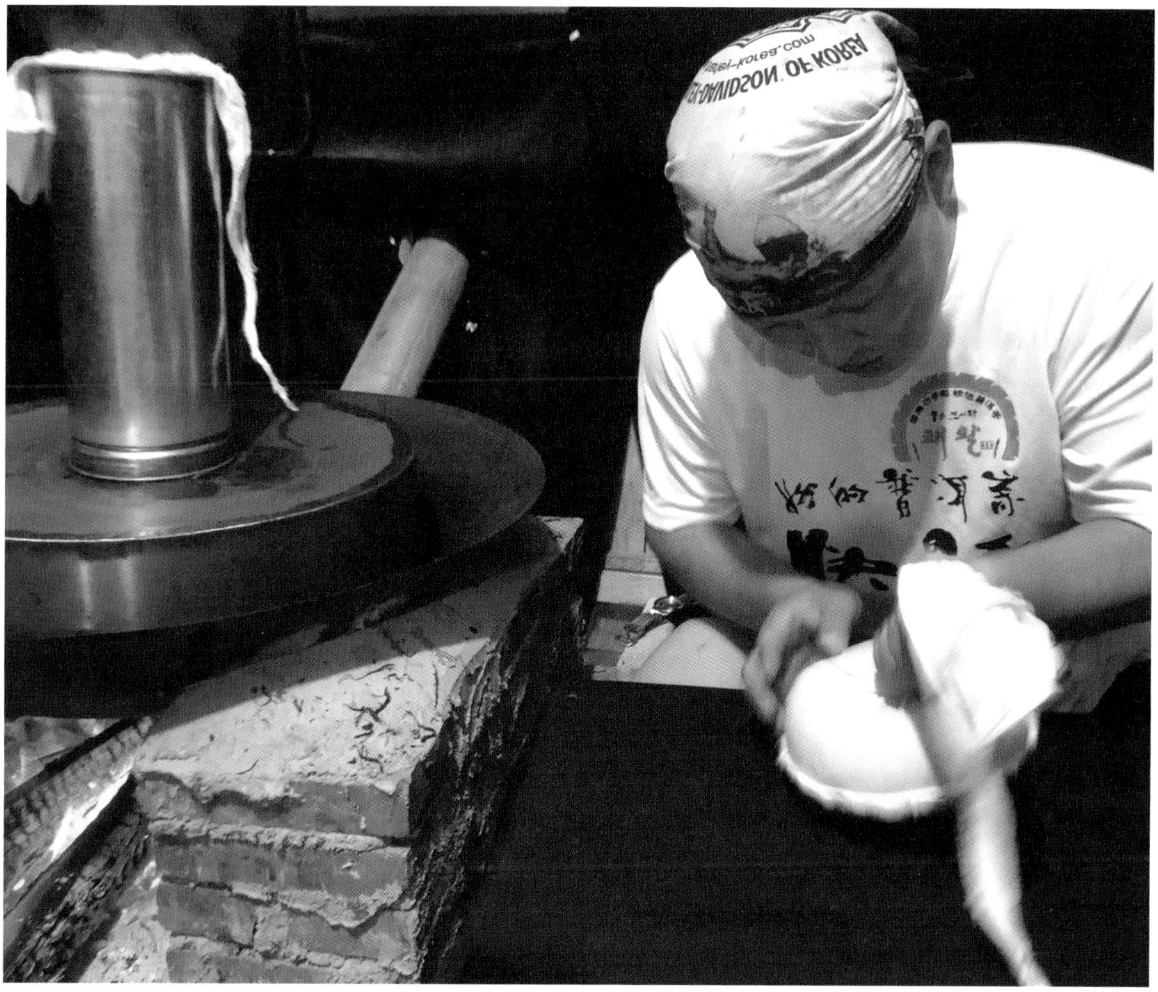

12.
돌로 누르기(压茶)

돌로 누르기

20여 킬로그램의 돌덩이로 차를 누르고 사람이 그 위에 올라가 357g 병차 기준으로 15분간 눌러줍니다. 병차가 커질수록 더 긴 시간을 눌러주어야 합니다. 찻잎의 특성에 따라 돌덩이(석모)를 여러 개 겹쳐서 누르기도 합니다.

산차는 부피가 크고 생산지에서 소비지까지 이동이 불편하며 이동하더라도 부서지거나 상하기 쉽습니다. 그래서 이 압차(壓茶) 과정을 통해 부피도 줄이고 더 많은 차를 소비지까지 쉽게 운반하거나 많이 보관할 수 있도록 하는 것입니다.

석모

그늘에 준비된 선반에서 한 시간 건조시킨 후 다포를 벗겨내고
다시 하루를 말려줍니다. 생산지 그늘의 온도는 26도로, 병차
속 수분이 건조되기에 가장 좋은 온도입니다.
보이차는 햇빛 말리기 과정에서 양(陽)의 기운을 가득 받고, 이
그늘 말리기 과정에서 다시 음(陰)의 기운을 합합니다.

그늘에서 24시간 건조

14.
포장재료(包裝材料) 준비

죽순잎 준비

먼저 수공으로 제작된 한지와 포장에 필요한 죽순잎을 준비합니다. 가장 좋은 죽순잎은 매년 9월 말에서 10월 초에 애뢰산맥 일대에서 생산됩니다. 이때 부드럽고 큰 죽순잎을 준비하여 씻은 후 건조하여 보관합니다. 다음 해 봄에 병차가 완성되면 다시 물에 씻어 죽순잎의 검은 털을 모두 제거해야 합니다.

죽순의 큐티클 층은 과도한 수분으로부터 병차를 보호하고 건조되면 단단해져서 부서지는 것을 방지합니다. 큐티클 층 안쪽의 스폰지 층은 침투한 수분을 일시 저장하여 고어텍스 같은 역할을 합니다. 발효의 관점에서도 죽순 포장의 보이차가 유리합니다.

준비된 죽순잎들

병차를 우선 한지로 포장한 후 죽순잎으로 추가 포장을 합니다. 전통적인 방법은 7편의 병차를 한꺼번에 포장하는 것입니다. 하지만 이럴 경우 하나를 뜯어서 꺼내면 나머지 병차들도 모두 포장이 해제되는 단점이 있습니다. 이를 보완하기 위해 쾌활보이차는 병차 하나하나 개별 포장을 합니다. 그 포장의 방법은 한국과 중국에 디자인특허등록을 완료하였습니다.

15.
포장(包裝)

죽순잎 포장

한지 포장과 인장

개별 죽순잎 포장

16.
불도장 찍기(盖章)

불도장 찍기

죽순잎으로 포장된 차가 어떤 보이차인지, 겉면에 산지와 생산자를 낙인으로 표시해 줍니다.

포장까지 마친 보이차는 6월 말까지 운남성에 보관하며 숙성을
시킵니다. 과거에는 4월 5일 청명 전에 만든 보이차를 생산지인
운남성 최남단 시솽반나에서 공차선단(貢茶船團)이 있는 운남성
최북단까지 말을 통해 운송했습니다. 여기에 소요되는 기간이
약 2개월로, 이 기간을 통해 운남성 최초 발효균들이 보이차를
숙성시켰습니다.

과거 운남성의 보이차가 그 외부 세계로 나가는 길은 크게 두
갈래였습니다. 하나는 마방들이 다니던 길로, 보이에서 출발하
여 라싸로 가는 차마고도가 그것입니다. 다른 하나는 장강의 배
에 실려 황제에게 가는 공차선단의 길입니다.
요즘에는 차량, 선박, 철도, 항공을 이용해 소비지로 배송됩니다.

티베트 마방

雲南古茶樹普洱茶

6

보이차의 모양

산차(散茶)

산차는 긴압을 하지 않은 차로, 운남의 현지인들은 이 상태의 보이차를 주로 마십니다.

운남의 보이차가 생산지를 떠나 만 리 밖 북경 또는 차마고도 라싸를 비롯한 미지의 지역에까지 전해지기 위해서는 수증기로 한 번 찌고 돌로 눌러서 모양을 만드는 긴압차 형태가 되어야 이동과 보관이 편리해집니다.

운남의 산속에서 생활할 때 산차를 당나귀에 싣고 이동한 적이 있습니다. 당나귀 등에 차 담은 자루를 묶을 때부터, 떨어지지 않도록 줄을 단단히 당기는 과정에서 이미 산차의 으스러지는 비명이 들렸습니다.

맹송 대엽종 산차

산차(散茶)

당나귀를 이용한 산차 운송

개활지에서는 당나귀에게 간섭이 될 장애물이 없기 때문에 산차가 온전하게 갈 수 있을 것이라 생각했지만, 당나귀가 잠시 달리기라도 하면 싣고 있는 짐은 좌우균형이 깨져서 위아래로 통통 튀었고, 그 안의 차는 으스러지기 일쑤였습니다. 인가 많은 마을을 지날 때면 반대편에서 오는 사람이나 짐승을 피해 당나귀가 벽 쪽으로 붙어서 지나갈 수밖에 없고, 그러면 산차 담은 부대가 벽에 부딪치기도 했습니다. 나무와 나무 사이를 지날 때도 마찬가지였습니다. 그때마다 산차의 부스러지는 소리가 가슴을 아프게 했습니다. 산차 상태로 운송하다 비라도 만나면 모두 곰팡이가 피리란 것도 불 보듯 뻔했고, 생산지에서 소비지로의 장거리 산차 이동은 꿈도 꾸지 못할 일이라는 것을 몸으로 체험한 날이었습니다.

증압을 통한 긴압만이 보다 효율적으로 운남의 보이차를 아주 먼 소비지까지 보낼 수 있는 가장 좋은 방법임을 알았습니다. 또 병차로 긴압을 하더라도 단단한 겉포장 재료가 없다면 이동하는 동안 차가 모두 부서진다는 걸 당나귀 마방 체험을 통해 미련하게 이해하게 되었습니다.

이제부터 보이차를 긴압한 몇 가지 모양과 그 특징들에 대해 알아보려 합니다. 병차나 타차 형태가 가장 일반적인데, 간혹 관상용이나 기념품으로 일부러 모양을 바꾸고 글을 새기기도 하는 등 그 모양에 규정이 있는 것은 아닙니다. 여기서는 마실 수 있게 만드는 전통적인 보이차 모양 몇 가지를 알아보도록 하겠습니다.

인두공차 (人頭貢茶)

인두공 제조

인두공차는 황제에게 진상되던 보이차의 모양으로, 대략 사람의 머리 크기와 같아서 인두라고 부르며 그 무게는 2.5kg입니다. 칠자병차 7편을 합한 무게와 같습니다.

잘 가공해서 말린 찻잎에 수증기를 쬐어주고 다포에 넣어 한 손으로 꽉 잡고 다른 한 손으로 두드리며 반원의 공 모양으로 만든 다음 그늘에서 말려 제조한 것으로 보입니다. 죽순잎에 포장할 수 없는 크기인 데다가 황제에게 바칠 차여서 비단 주머니에 넣고 금실로 묶은 다음 은제(銀製) 함에 넣어 공납했다고 합니다.

1960년대에 자금성에서 발견된 인두공차에는 '만수용단'이라는 이름이 붙어 있습니다. 발견된 인두공차 가운데 두 과를 항저우 국가차박물관과 보이시정부에 각각 하나씩 보관하고, 나머지는 자금성박물관에 보관 중입니다.

2007년 보이시 부시장님의 도움으로 처음 인두공을 참관하고 어떻게 제조해야 하는지 너무너무 궁금했습니다. 그 무렵 의방 지역에 갔다가 타차를 가공하는 데 썼다는 푹 파인 돌을 보게 되었습니다. 인두공도 그런 파인 돌에 넣고 눌러서 제조했을 것이라 판단하고, 2009년 대리에 가서 대리석을 직접 가공해 가져왔습니다.

2010년 푹 파인 돌의 홈에 차 담은 자루를 넣고 실험적으로 4과를 만들어봤습니다. 이무 차순호 보이차로 제조했는데, 결과적으로 포탄처럼 생겨서 너무나 당황스러웠습니다. 그러던 2010년 차순호 5대손인 차지신 선생으로부터 인두공 만드는 방법을 전수받게 되었고, 2010년부터 2019년까지 매년 2과에서 최대 9과를 생산했습니다. 거의 모두 애뢰산 천년 야생 자조 자순차를 원료로 사용했습니다.

칠자병차(七子餠茶)

칠자병차 포장

칠자병차는 '7개의 개떡 모양 둥근 차를 쌓은 후 죽순잎으로 포장하고, 가공한 대나무껍질로 병차 사이사이를 6줄 묶어놓은 형태의 보이차'로 가장 흔하면서 가장 오래된 모양과 포장법의 보이차입니다.

1723년 공납되기 전까지는 보이차의 모양과 크기가 일정하지 않았습니다. 따라서 운남성 외부로 나가는 차들에 세금을 매기려면 모든 차의 무게를 일일이 재야 했습니다. 마방이나 관리나 여간 번거로운 일이 아니고 시간 낭비도 심했을 겁니다. 이런 문제를 해소하기 위해 차 한 편의 무게를 규칙으로 정하게 되었던 것인데, 그 무게가 바로 앞서 설명한 것처럼 357g입니다. 7편을 묶으면 칠자병차 한 덩이(2.5kg)가 되고, 6덩이를 담으면 한 껀(15kg)이 되며, 말의 좌우에 두 껀씩을 실으면 총 60kg이 됩니다. 이것이 말이 지치고 않고 하루 20~30km를 갈 수 있는 적정 무게라고 합니다. 말하자면 말도 배려한 규칙입니다. 하지만 규칙의 제정 이후에도 한 덩이에 7통이 아니라 9통으로 포장하여 총 90kg 정도를 싣는 등 말을 혹사시키는 경우가 있었다고 합니다.

아무튼, 이렇게 보이차의 규격이 정해지자 세관원은 일일이 차의 무게를 잴 필요 없이 그 숫자만 헤아려 즉시 세금을 징수할 수 있었습니다. 이로써 건륭제 이후 357g의 병차가 역사와 전통을 지니는 보이차의 기본 단위가 되었습니다.

운남의 보이차 생산지에는 닥나무가 자생하지 않습니다. 따라서 한지가 귀했고, 차를 종이로 포장하지 못한 채 죽순잎으로만 싸는 무지(無紙) 보이차가 있었습니다. 포장용 종이는 시대를 판별하는 중요한 가늠자가 되기도 합니다.

자금성박물관에서 보이시로 환원한 칠자병차

전차(磚茶)

전차는 벽돌[磚] 모양으로 제조된 차를 말합니다. 과거에도 존재하였으나 주로 문화대혁명 시기 대량생산을 목적으로 한 번에 여러 편을 기계로 찍어눌러 벽돌 만들듯이 만들었습니다.

대표적인 전차는 역시 문화대혁명과 관계있는 '문혁전(文革磚)' 입니다. 지금도 대량생산을 목적으로 제조하는 차의 경우 전차의 형태로 제조하고 있습니다.

하지만 생산량이 적은 고차수 보이차는 전차의 형태로 제조하지 않습니다. 쾌활보이차는 지난 17년간 단 한 편도 전차, 긴차, 타차를 제조하지 않았습니다.

전차 제조용 누름틀

전차(磚茶)

긴차는 주로 하관차창에서 제조하여 티베트로 보낸 보이차의
형태입니다. 문화대혁명으로 벽돌 모양의 전차가 티베트에 전
해지고 규격화되어 갔으나, 1976년 판첸라마(아미타불의 화신,
달라이라마는 석가모니의 화신으로 여김)의 요청으로 다시 만들어
지기 시작한 표고버섯 모양의 차입니다. 하관차창은 이 차에 보
염패(宝焰牌)라는 이름을 붙였습니다.

타차는 긴차의 변형으로, 반구(半球)에서 속이 빈 모양, 새 둥지
모양의 보이차입니다. 지금은 기계를 이용하여 한 번에 때려 만
들기 때문에 5g짜리 작은 것부터 150g의 일반적인 크기까지 다
양하게 만들어집니다.

긴차는 사람이 쥐어짜듯이 만들어야 하기 때문에 대량생산을
하기에는 숙련공이 많이 필요한 반면, 타차는 한 번의 펀칭으로
만들어지기 때문에 제조가 간단하고 대량생산이 가능한 모양
중 하나입니다.

타차

雲南古茶樹普洱茶

7

내가 만든 차왕수 보이차

수령 2,800년 얼가즈 1호 차왕수(2016년)

왼쪽의 사진은 백앵차산의 대표 차왕수인 얼가즈 1호 차왕수입니다. 형제 4명이 돌아가며 1년씩 소유권을 갖고 있고, 필자는 장남과 계약을 체결했습니다. 그래서 그에게 소유권이 있던 2016년에 처음 채엽을 했고, 다시 4년이 흐른 2020년에도 채엽을 해서 차를 만들었습니다.

2016년에는 생엽 76kg을 채엽하여 쇄청모차 15.6kg을 얻었습니다. 2.5kg의 인두공 6과를 만들고 나머지는 모두 600g 병차로 제조하였습니다. 2020년에는 생엽 70kg을 채엽하여 13kg의 산차를 얻었고, 2.5kg의 병차 5편을 제조하였습니다.

얼가즈 1호
차왕수 가공

얼가즈 1호 차왕수

2,800년 급
얼가즈 2호 차왕수
보이차

얼가즈 2호
차왕수 가공

1호 차왕수보다 큰, 얼가즈 최대 크기 차왕수입니다. 공식적으로는 2022년부터 수령을 낮추어 기록했으나, 그 이전에는 수령 2,800년 급으로 여겨졌습니다.

2016년부터 2022년까지 필자가 채엽하고 가공한 대표 차왕수입니다. 채엽꾼 열 명이 8시간 정도 일을 해야 이 나무 한 그루의 채엽이 끝납니다. 이 나무를 생각할 때마다, 차산의 좋은 분들을 만나 좋은 인연으로 좋은 고차수 보이차를 제작할 수 있었음에 감사한 마음 가득합니다.

이 한 그루에서 매년 생엽 106~130kg을 채엽하여 산차 21~26kg을 얻었습니다. 2.5kg 또는 500g짜리 병차로 제작하였습니다.

2,800년
헤이툐즈 1호 차왕수
보이차

헤이툐즈 1호
차왕수 채엽

백앵차산의 최대 흑조자(헤이툐즈)는 상촌과 하촌에 위치합니다. 상촌의 헤이툐즈는 보이차보다는 홍차를 만드는 게 훨씬 좋았고, 하촌의 헤이툐즈는 보이차에 적합했습니다.

하촌의 1호 차왕수를 2016년부터 2021년까지 채엽하고 가공했는데, 생엽 130kg으로 23kg 정도의 산차를 얻어 500g 또는 2.5kg의 병차로 만들었습니다.

최대 크기의 흑조자(헤이툐즈)는 하촌에 있는 흑조자 2호 차왕수입니다. 2016년부터 2019년까지 채엽하고 가공했습니다. 생엽 130kg 이상으로 평균 23kg의 산차를 얻었습니다. 500g 또는 2.5kg의 병차로 제조하였습니다.

헤이툐즈 2호
차왕수 채엽

2,200년
쾌활차왕수
보이차

쾌활차왕수 채엽

백앵차산에 있는 수령 2,200년 된 차왕수로, 필자가 10년 동안 임대하여 쾌활차왕수로 이름을 붙였습니다. 매년 130kg 이상의 생엽이 나오며, 2016년부터 해마다 채엽하고 있습니다.

잎이 다 자라면 사람의 얼굴 크기만 해지는, 특대엽종 대조산 차왕수입니다. 2019년부터 채엽 가공하였습니다.

대조산의 크기는 지리산 정도입니다. 차나무는 한 곳에 분포하지 않고 여러 마을에 골고루 분포되어 생장합니다. 짜후이(家会) 가족의 도움으로 특별한 차왕수를 접하고 제조하였습니다.

대조산 차왕수 채엽

1,500년
본산 차왕수
보이차

백앵차산의 대표 차나무 중 하나인 본산홍 품종의 차나무입니다. 현지인들도 본산이라 부르기 때문에 이후 본산 차왕수로 명명했습니다.

자순차 계열로 처음 나오는 새싹이 붉은빛을 띠다가 자라면서 녹색이 됩니다. 풍부한 향미가 특징입니다.

붉은 기운 가득한 본산 새싹

수령 1,500년 본산 차왕수

본산 품종이 붉은 새순

2007년과 2008년, 아무도 오지 않는 노빙도에서 홀로 봄차를 제조했습니다. 당시에는 차왕수 개념이 그리 중요하지 않았습니다. 생잎을 구매하여 맹고까지 내려와서 가공을 했는데, 무게를 늘리려고 물 뿌린 찻잎을 준 것을 몰라 낭패를 볼 뻔하기도 했습니다.

매년 청명에 채엽을 했는데, 2009년 길이 뚫리자 많은 외지인이 들어와 경쟁하게 되어 포기하고 백앵차산으로 옮겨갔습니다. 몇 년 전 산차 1kg 가격이 4만 위안이었으니, 가장 비싼 차 가운데 하나라 하겠습니다.

노빙도 차왕수 보이차

반전발효

2007년 노빙도 차왕수 채엽

파사 차왕수
보이차

파사 차왕수
제조 준비

시솽반나 파사차산의 차왕수입니다. 2016년부터 2018년까지 채엽하고 가공하였습니다. 12kg 정도의 생엽으로 3kg 정도의 산차가 만들어집니다.

차나무 주인은 싼둬(三朵) 가족입니다. 2019년 서역차마고도 출발 당시 산속의 작은 연못에서 개구리 100마리, 물고기 100마리를 잡아서 환송회를 해주었습니다.

2019년과 2021년 쾌활의 이름으로 채엽 가공한 남나산 차왕수입니다. 필자를 고차수의 길로 인도한 인연의 나무입니다.

그런데 사진을 잘 보시면 모두 새 잎이고 전년도 잎이 없습니다. 무리한 채엽은 차나무를 죽게 합니다. 차나무를 살리기 위해 3분의 1만 채엽하여, 500g짜리 병차 2편을 만들었습니다.

차나무 주인은 필자와 동갑내기인 따리(地理)입니다. 국가보호수인 줄 알고 있다가 2018년에서야 개인 채엽이 가능하다는 말을 듣고 계약하였으며, 부끄럽게도 같은 곳도 열 번을 가야 보이는 것이 있음을 깨달았습니다.

남나 차왕수 보이차

남나 차왕수
두 번째 제조

雲南古茶樹普洱茶

8

차산과 사람들

맹송 고차수 다원

맹송 이야기

멍송(맹송)차산은 운남 최남단에 위치한 차산입니다. 정상부의 높이는 대략 해발 1,800m 정도인데, 이곳에 실질적으로 필자가 소유하고 운영하는 쾌활멍송고차수다원이 있습니다.

2007년에 처음 갔었고, 2008년부터 이 차산의 찻잎으로 차를 만들기 시작했습니다. 이때부터 지금까지 친구처럼 지내는 아우 둘이 있는데, '쉐덩'과 '동성'이라는 이름의 현지 젊은이들입니다. 이들 소유의 고차수 다원 찻잎을 수매하여 이들의 집에서 처음 차를 만들기 시작했고, 점차 20년 장기 임대 등의 방식으로 저만의 다원을 늘려갔습니다. 그 결과 2013년이 되자 수령 300년 이상의 고차수 800여 그루를 확보하게 되었고, 매년 800여 편의 보이차를 만들고 있습니다.

멍송의 이 쾌활고차수다원에는 이미 많은 한국의 차인들이 다녀가셨는데, 2013년에는 청와대 정책실장님, 홍보수석님, 그리고 공정거래위원장님이 직접 방문하기도 하였습니다.

운남 최남단의 다원이어도 10년에 한 두 차례 얼음비가 내립니다. 가뭄일 때 차맛이 좋아지지만 폭설과 우박, 얼음비가 내리는 해에도 차나무는 혹독한 환경을 이기고 찻잎을 더욱 진하게 피워냅니다.

얼음비

이 멍송차산에는 현재 두 군데의 초제소를 등록하여 산차를 생산하고 있는데, 초창기의 병차는 전통적 방식으로 민가에서 제조하기도 하였습니다.

2009년 멍송

2015년 멍송

멍송에서는 한국인 절친도 한 명 사귀게 되었는데, 문희락 님이 그 주인공입니다. 필자는 2007년에 멍송 고차수 다원의 존재를 처음 확인하고 2008년부터 차를 만들러 이곳에 들어갔습니다. 이때 고차수 보이차를 배우러 오신 분이 문희락 선생입니다. 먹고 잘 곳이 없어서 우리는 쉐딩의 집 마당에 텐트를 치고 생활하며 차를 만들었습니다. 그런데 이때까지 문 선생이 중국어를 하지 못했습니다. 중국어를 모르면 현지에서 생활하기가 불가능하므로 필자는 반강제로 매일 읽기, 쓰기, 말하기 숙제를 내주고 날마다 검사도 했습니다. 잘 따라와 주었고, 제다를 포함하여 차산에서의 생활을 너무나 훌륭하게 해내셨습니다. 아니, 너무나도 잘 버티고 견뎌주셨습니다. 운남의 산간벽지 차산에서 생활한다는 건 생각만큼 간단치가 않습니다. 아무나 견디고 버틸 수 있는 일이 아니라는 얘기입니다.

멍송 고차수 채엽

2009년부터는 멍송에서 본격적으로 병차를 제조하기 시작했습니다. 이무정산의 긴압석(석모)을 가져다가 만들면 좋았을 텐데, 굳이 대리까지 직접 가서 석모를 주문 제작하여 실어왔습니다. 그런데 이 석모의 바닥이 너무 깊어서, 초창기 쾌활보이차의 병차는 옆면이 두툼하지 못하고 날카로운 것이 특징이 되었습니다.

이 당시 멍송차산의 현지인들은 병차를 직접 만들지 않고 쇄청모차 상태로 내다 팔았습니다. 당연히 병차 만드는 법도 몰랐습니다. 쉐딩과 동성 등 몇 사람에게 필자가 이무정산 차순호와 남나산 헤이처 선생으로부터 배운 병차 만드는 법을 가르쳤습니다.

이로써 쉐딩의 집은 갑자기 전수공 보이차를 직접 만드는 장소가 되었고, 이를 신기하게 여긴 마을 사람들이 기웃거리며 들어와서 우리가 병차 만드는 모습을 구경하곤 했습니다. 이 초창기에는 다들 기술이 익숙지 않아서 하루 150편 만들기도 벅찼는데, 몇 해 지나지 않아 하루 300편을 만들어낼 정도로 기술이 숙달되었습니다.

차 만들기는 당연히 채엽으로 시작되는데, 해발 1,800m에 있는 멍송의 300~400년생 고차수의 경우 빠르면 3월 20일경부터 채엽이 시작됩니다. 1주일 정도 늦어지는 경우도 있으며, 채엽이 가능한 기간은 대략 20일 정도입니다.

차나무의 난화

멍송은 나비의 천국입니다. 찻잎 따는 계절이면 엄청나게 많은 나비를 볼 수 있습니다. 또 차나무에 기생하는 차기생(겨우살이)과 각종 난초 꽃들이 너무도 아름다운 곳입니다.

물론 무서운 것들도 많습니다. 전갈도 보고 독사도 보고 호저도
보았습니다. 곰과 호랑이가 잡혔다는 말도 들었습니다. 특이한
것은 해발 1,800m 산골에서 게가 잡힌다는 것입니다.

멍송은 사랑

우리는 차를 마시며 "멍송은 사랑"이라고 말합니다.
멍송차산에 있다 보면
행복이 춤추듯이
너무나 좋은 느낌을 절로 받기 때문입니다.
미소와 웃음이 넘치는 사람들,
그 사람들과 함께 만든 보이차!
그건 행복이었습니다.

행복이 넘치는 쉐덩과 쇼옌

멍송차산

멍송 쾌활차산의 쉐덩 부부와 동성 부부가 만들어내는 고차수 보이차!
그들의 기운이 그 차 안에 서려 있다고 우리는 생각합니다.
집안이나 개인에게 슬픈 일이 있을 때,
우리는 그에게 그해의 찻일을 시키지 않습니다.
슬픈 사람의 감정이 들어 있는 차는 슬픈 차이기 때문입니다.
다만, 그에게도 급여는 정상 지급하였습니다.
멍송 고차수 보이차를 사랑이라 말하는 이유는
젊은 부부가 밤을 새워가며
305도 가마솥의 열기를 받고
기계가 아닌 손으로 모든 차를 비벼서
그 사람의 기운이 가득한 차를 만들기 때문입니다.

맨손 유념(비비기)

2015년 산골의 두 동생에게 운전면허를 딸 수 있도록 각자 1만 위안씩을 지원해 주었습니다. 나중에 들으니 동성이는 면허를 취득했지만 쉐덩은 그 돈을 가정사에 썼다고 했습니다. 2016년에 다시 더 지원을 해주었고, 마침내 쉐덩도 면허를 취득했습니다.

총각이던 쉐덩이 몇 해 전 결혼을 하고 그 아내가 임신 중이어서 징홍으로 불러내어 작은 자동차 한 대를 사주었습니다. 동성이는 돈으로 받기를 원해서 그렇게 해주었습니다. 물론 무상이고 조건은 없습니다. 10년간 누군가를 위해 열성으로 일을 해주었다면 당연히 받아야 할 선물이라고 생각하여 기꺼이 지출을 감당했습니다. 제가 없는 동안 차산의 차나무 전부를 관리해준 친구들입니다. 저의 호의를 계기로 서로에게 감사를 주고받던 2017년의 상황이 지금도 생각나고 절로 웃음이 번집니다. 이보다 소중하고 고마운 형제, 친구가 또 있을까요.

초가집을 고쳐 전통의 나무집으로 지어주고 싶었는데, 본인들의 선택을 존중하여 현대식 주택을 짓기로 하고, 2022년 건축을 시작하여 2023년 3월 쉐덩의 새 집을 완공했습니다. 행복해하는 이들 부부를 보는 제가 사실은 더 행복한 사람입니다.

쉐덩의 새 집

차나무
거령신에 대한 예

차나무 거령신에 대한 예

보이차에 미쳐가던 2005년에 필자가 주로 돌아다닌 곳은 곤명에 있는 차 도매상들이었습니다. 그러다 2006년부터 직접 차산을 답사하기 시작했는데, 가장 먼저 찾아간 것이 남나산 차왕수였습니다. 그렇게 실제로 마주한 남나산 차왕수! 엄청난 환희심을 불러일으키며 저를 단박에 고차수 보이차의 세계로 끌어당겼습니다. 자력(磁力)인지 마력(魔力)인지에 끌려 도무지 헤어나올 수가 없었습니다.

이후 헤이처 선생과의 인연을 통해 남나산에 자리를 잡게 되었고, 2013년에는 차왕수 인근에 있는 고차수 250여 그루를 10년간 임대하여 실제로 2022년까지 그 찻잎으로 차를 만들었습니다. 평균 75kg의 산차가 생산되었으며, 평균 약 200여 편의 병차가 제조되었습니다. 그런데 이건 그야말로 평균일 뿐, 날씨에 따른 편차가 심했습니다. 가뭄이 들면 50kg의 산차가 나오고 풍년이 들면 100kg까지 나오기 때문에 날씨와 찻잎 생산량의 관계는 시소 놀이처럼 마음을 들었다 놨다 합니다. 모든 것이 하늘에 달렸다는 말이 절로 나오는 매년이었습니다.

그래서 매년 2월 20일 우수 무렵이면, 명산 거령신을 만나 뵙고 예를 올립니다. 보이차 만드는 차나무에 대한 예입니다.

오래된 차나무
우리의 짧은 인생보다
긴 수명을 살았고
한 나라의 역사보다
더 긴 삶을 살고있는 고차수
이른 봄
그 찻잎 하나를 얻기 위해
우리는 움직입니다.

최고의 예를 다하고 찻잎 하나를 얻습니다.

애뢰산 천가채 차왕수

남나산 고차수 다원

남나산 일상

남나산에 처음 갔던 2006년에 헤이처 선생을 만난 건 그야말로 크나큰 행운이었습니다. 처음에는 선생님이 만든 차를 사서 마셨고, 그다음엔 보이차 수공 제다법을 배웠으며, 그다음엔 선생님 댁 고차수 다원의 찻잎을 수매하여 차를 만들었습니다. 그러다가 마침내 2013년부터 장기 임대 형식으로 저만의 다원까지 만들게 된 것입니다.

그렇게 남나산에 저만의 다원을 갖게 된 후에 생긴 변화가 있었습니다. 임대 다원이 없던 시절에는 차산 사람들이 보기에 저는 그저 한 사람의 구매상에 불과했습니다. 그런데 그 차산에 고차수 다원이 있는 사람이라는 것은 완전히 그 차산 구성원의 일원이 된다는 의미였습니다. 전에는 알려주지 않던 것도 알려주고, 마을의 경조사에서도 전과 다른 대우가 확연했습니다. 물론 찻잎의 가격에도 변화가 있었습니다. 차산의 보이차 가격을 말할 때 현지인들이 흔히 하는 이야기가 있습니다.

헤이처 선생님과 필자

남나산 채엽

아버지 가격

엄마 가격

아들 가격

딸 가격

친구 가격

마을 사람 가격

지역 가격

운남성 사람 가격

기타 지역 사람 가격

외국인 가격

외국인이 가장 비싸거나 가짜를 사게 될 확률이 높다는 것을 의미하는 말입니다. 그러니 저도 이제는 마을 사람 가격에 접근했다는 의미가 됩니다. 그야말로 경사입니다.

이후 남나산 입구에 있는 '리핑'이라는 친구의 집 2층에 가공장도 만들어 맹해현에 초제소로 등록하고 본격적으로 쾌활보이차 중반기의 병차 가공을 시작했습니다. 이 초제소는 많은 분들이 오셔서 현지에서 보이차 병차 제다를 체험할 수 있는 장소로 이용되기도 했습니다.

여아공차 이야기

보이차 이외에 꼭 제조해 보고 싶은 차가 하나 있었습니다. 이야기는 무성하지만 한 번도 만드는 것을 본 적이 없던 차, 처녀의 가슴에 품었던 찻잎으로 정성을 다해 만든다는 일명 기절차가 그것이었습니다. 나무 위로 들고 올라간 대바구니는 이미 찻잎으로 가득 찼는데, 아직 태양은 중천에 있어서, 허리끈 질끈 묶고 가슴에 따 넣은 찻잎이 너무나 맛있게 변해서 모든 사람이 좋아했다는 전설 같은 이야기가 전하는 그런 차입니다.

2010년에 남나산 처자들의 도움을 얻어 실제로 이 차를 만들어 보게 되었습니다. 완성되고 일주일이 넘도록 뿜어져 나오는 향기에 정말이지 깜짝 놀랐습니다. 겨우 223.8g을 만들어서 '좋은 보이차 쾌활' 글씨를 써주신 열암 송정희 선생님과 문경요의 천한봉 선생님께 나누어 올렸었습니다.

이때 깨달은 것이 하나 있습니다. 세상의 모든 것에는 기운이 있고, 그것이 서로에게 미치는 영향은 막대하다는 것입니다. 처자들이 차에 준 기운은 땀이 아닌 그 사람만의 체취 그리고 보이지 않는 기운이었습니다.

이후 2017년에 다시 한번 제조하였습니다. 기(氣)의 차(茶)이기 때문에 향기가 날아가지 않도록 잘 밀봉하는 것이 관건이라 여겨 순은으로 만든 통에 넣어 은인에게 전해 드렸습니다.

좋은 차란 무엇일까요?

원료를 속이지 않는 차!
좋은 사람들이 만든 차!
가향 가미를 하지 않은 차!

아마 그런 것이겠지요.

2017년 남나산에 땅 2,000평을 동료인 리핑의 명의로 매입하고, 초제소 건물을 짓기 시작했습니다. 그런데 2019년에 땅 값이 폭등을 했습니다. 그래서일까요. 리핑이 갑자기 독립을 선언했습니다. 건물과 함께 모든 것을 넘겨주고 헤어지게 되었습니다.

아쉽지만 지난 10년 열심히 도와준 그를 원망하지 않습니다. 잘 자리 잡고, 바라는 바 이루기를 응원해 봅니다. 땅과 집을 잃었다고 생각하지 않습니다. 리핑이 저를 잃었을 뿐.

복마전 같았던 퐁강차산

퐁강차산 드론

촌장 왕이롱 씨가 소출량 100kg을 확언하기에 2014년 30년 임대 계약을 했으나 결국 3년 제조하고 포기한 비운의 차산입니다. 마을은 해발 1,600m에 위치하고, 차나무는 해발 1,900m에서 2,000m까지 분포하는, 아주 좋은 형태의 차나무 군락입니다. 하지만 경계와 울타리가 없다 보니 누군가 도둑 채엽을 해버리는 통에 마음을 많이 다친 곳입니다.

비싼 돈 내며 배운 교훈은 '포기할 곳은 빨리 포기하고 집중할 곳에 모든 정성을 다하자.'였습니다. 마을 사람들의 마음이 좋지 않다면 빨리 포기하는 것이 최선의 선택임을 배운 곳입니다.

복마전 같았던

애뢰산(哀牢山)은 이름 그대로 '슬픈 감옥'과 같은 산입니다. 지우짜(九匣, 구갑)는 아홉 개의 수갑을 뜻하니, 이곳에 태어나면 세상 밖 천지가 개벽해도 모르는 곳이라는 의미이기도 합니다. 첩첩산중 오지 중의 오지인 여기에서 더 깊은 곳으로 들어가면 첸짜짜이(천가채)가 나옵니다. 명나라 군대를 피해 숨어든 사람들이 절벽 위에 천 채의 집을 짓고 살았다 하여 천가채라는 이름을 얻었지만 지금은 산림감시 초소만 남아 있는 곳입니다.

애뢰산 천년 야생차 군락지

애뢰산 이야기

천가채 가는 길

천가채는 진정한 천년 야생 차나무들의 고향으로, 이곳에 공인 수령 2,700년 야생 차나무가 있습니다.

이곳의 주요 소수민족은 라후족입니다. 라후족은 북쪽에서 민족대이동 시기인 몽골 침략 당시 이주한 민족이라고 합니다. 그래서인지 운남의 소수민족과는 결이 다른 골격과 마스크를 가지고 있는 것도 사실입니다.

라후족은 조롱박 탄생 신화를 가지고 있습니다. 라후족의 선조는 조롱박 속에 있었는데 작은 새와 쥐가 그 껍질을 까주어 그 속에서 나왔다는 신화입니다. 박 속의 무수한 씨처럼 라후족이 번창하기를 기원하고, 새의 자유와 쥐의 생존력을 이어가길 바라는 마음이 담긴 신화가 아닐까 싶습니다.

라후족이 사는 마을에는 라오짜이(노채), 신짜이(신채)가 없습니다. 중화인민공화국이 성립할 당시 중국의 소수민족은 200개가 넘었다고 합니다. 이후 많은 통폐합 속에서도 이름을 유지한 소수민족 가운데 하나가 라후족입니다. 다른 소수민족은 대개 산속의 라오짜이(노채)를 버리고 산 아래 도로가 있는 신짜이(신채)로 내려와 살았기 때문에, 차산의 마을 이름을 보면 그 앞에 라오(반장, 만아, 빙다오, 반포짜이 등)나 신(반장, 반포짜이 등)이 붙습니다. 그런데 라후족의 경우 결혼을 하려면 반드시 신랑에게 날다람쥐의 꼬리가 있어야 합니다. 하지만 산 아래 도로변에 정부가 만들어준 새로운 마을에서는 날다람쥐를 잡을 수 없었고, 결국 원래 살던 산속의 마을로 돌아가 버린 것입니다. 이것이 아직도 애뢰산 깊은 곳에 라후족이 가장 많이 사는 이유입니다. 물론 란창현 같은 곳의 라후족은 산을 버리고 도심으로 이주한 가장 대표적인 소수민족이긴 합니다. 제가 말씀드리는 것은 고차수 차산을 기준으로 했을 때의 이야기입니다.

라후족 탄생 신화를 새긴 부조

MBC 촬영팀(2009년)

첸짜짜이(천가채)는 2009년까지 비교적 접근이 자유로왔는데, 그 이후로는 성정부와 지방정부의 허가 없이는 들어갈 수 없는 철옹성이 되어버린 곳입니다. 이곳 해발 2,400m 지점에 높이 30m, 수령 2,700년의 야생 차나무가 있습니다. 이 차나무도 2000년 무렵에 외지인들이 찾아와 가지를 자르고 차를 만들어 가는 수난을 겪었기에, 이제는 감시 관리원 없이는 등반이 안 되는, 대단히 긴장감 넘치는 곳입니다.

기본적으로 해발 2,300m 아래 지역은 민간에 불하된 산림이고, 그 이상은 정부 소유의 보호림입니다.

중산 백앵차산

백앵차산
오르는 길

"11종의 차나무 품종이 있는 차나무 자연사 박물관!"
천 년 수령의 차나무 천 그루가 있는 바이잉(백앵)차산을 수식하는 말입니다. 개인적으로는 이곳의 대표 품종인 얼가즈종, 헤이툐즈종, 번산홍종, 멍쿠종 찻잎으로 보이차를 제조해 보았던 곳입니다.

2007년 차산의 존재를 확인하고 목적지로 삼았으나 비로 인해 사륜구동 차량마저 오를 수 없었던 금단의 차산이었습니다. 2008년 두 번의 실패 끝에 간신히 올랐는데, 차나무가 너무 커서 깜짝 놀란 경이로운 차산이기도 합니다. 2009년 네이버 블로그에 글을 올리면 찾아오는 사람들이 있기에 '○○산'이라는 이름을 사용했던, 내 비밀의 차산이기도 했습니다. 수령 2,800년 차왕수를 시작으로 2,000년 이상 된 차나무가 즐비한, 거령신 가득한 차산이 바로 백앵차산입니다. 어떤 수식어로도 부족한 진짜 고차수의 천국입니다.

그런데 사람들은 완성된 차만 보고 실망을 먼저 털어놓습니다.
"뭐야 이건, 왜 이리 시커매? 새싹에 흰털 하나 없고……."
기존에 마시던 차의 모양과 색에 대한 편견으로, 그 나무를 보지 못한 사람들의 눈과 생각을 멀게 했던 품종의 왕국이 바로 백앵차산입니다.

백앵차산 야생형 고차수 채엽

백앵 오르는 길(2015년)

쇼완 (소만)
3,200년 차황수
해발2,300m

중산백앵
2,800년 차왕수
해발2,300m

펑칭
(봉경)

윈센

(쭝산 빠이잉)

따차오산 (대조산)
(시꾸이, 반동, 젠쓰)
해발2,300m

따쉐 산 (대설산)
3,000년 차왕수
해발2,300m

동반 (동판)

린창
(임창)
해발1,700m

시반 (서판)
(라오빙다오)
해발1,800m

멍쿠
(맹고)

징동
(경동)

아이라오산맥(애뢰산)

첸짜짜이 2,700년 차
(천가채)   해발2,40

쩐 위엔
(전원)

진산(금산)
해발2,40

우량산맥
(무량산맥)

쿤루
(황짜고차원)
해발1,600m

모짱(묵강)

북회귀선

방웨이 (방위)
1,000년 차왕수
해발2,200m

상윤

란창

닝얼 (구 보이)
해발1,100m

푸얼 (구 쓰마오)
해발1,100m

란창강

이방 (의방)
(이방촌, 만꿍) 해발1,300m

징마이 (경매)
(징마이, 망징, 난눠)
해발1,800m

화주량즈 (활죽량자)
(나카, 퐁룽, 퐁강)
해발2,200m

(대도강)
따뚜강
해발1,100m

꺼덩
(즈봉)
(혁등)

빠다   (허송)
(파달)
1,700년 차왕수

멍하이(맹해)
해발1,100m

징훙
해발560m

난눠(남나)
(라오반포, 빠마,
스토짜이, 야허, 주린)
해발1,600m

유러 (야눠)
해발1,300m
(유락)

만좐
(만쨩)
(만전)

망지(망지)
(안러)
해발1,300m

파사
(파사 라오짜이, 중짜이, 신짜이)
해발1,600m

포랑산 (뿌랑)
(허카이, 반펀, 라오반장,
신반장, 라오만아)
해발1,300m

(맹송)멍송
(-홍치, 거미, 만짜자오,
만짜포, 만마이야오)
해발1,800m

운남의 차산 분포는 크게 네 지역으로 나누어서 살펴볼 수 있습니다. 이렇게 나뉜 지역마다 차나무의 종류와 특성도 달라집니다.

첫 기준선은 란창강으로, 이를 기준으로 강내지역(동쪽)과 강외지역(서쪽)이 나뉩니다. 린창지역(서쪽)과 푸얼지역(동쪽)으로 구분하는 것도 이 기준선을 적용한 것입니다.

두 번째 기준선은 북회귀선으로, 남북을 가르는 선이며 모짱이 이 선 위에 있습니다.

이 두 개의 선을 기준으로 삼으면 운남의 고차수 차산은 동북, 서북, 동남, 서남의 네 구역으로 나눌 수 있습니다. 동북에는 아이라오(애뢰)산맥과 우량(무량)산맥이 있고, 서북의 린창지역에는 천 년 고차수 군락이 있습니다. 동남에는 강내지역이 있고 서남에는 강외지역이 있습니다. 그리고 이 네 구역마다 차나무 품종과 모양, 수령이 달라집니다.

서북의 중심 바이잉(백앵)차산 촌장이었던 차이창 아우님의 도움으로 필자는 2009년부터 2022년까지 최고의 원료로 거침없이 천 년 고차수 보이차를 만들 수 있었습니다. 이런 차들입니다.

- 2017년까지 매년 제조했던 수령 2,800년의 얼가즈 1호 차왕수
- 2022년까지 줄기차게 제조했던 수령 2,800년의 얼가즈 2호 차왕수
- 2018년까지 매년 제조했던 수령 2,800년의 헤이툐즈 1호 차왕수
- 2021년까지 매년 제조했던 수령 2,800년의 헤이툐즈 2호 차왕수
- 2018년부터 10년간 별도 임대한 수령 2,200년의 헤이툐즈 쾌활차왕수
- 수령 1,000년에서 1,500년의 번산홍(본산홍) 차왕수

지난 14년간 바이잉(백앵)차산에서 정말 무풍지대처럼 즐겁게 고차수 보이차를 만들었습니다. 그 시작 또한 천운이 따라준 것이었습니다. 비가 엄청나게 온 2009년 청명 다음날의 일입니다. 윈시엔(운현)을 출발하여 못 오를 것만 같은 진흙투성이 산길을 간신히 올라 바이잉차산에 도착했을 때 제가 마주친 것은 술에 취한 채 어깨가 축 늘어진 촌장 차이창과 친구들이었습니다. 사정을 물어보니, 찻잎은 땄는데 비로 인해 당나귀 길이 끊겨 팔지를 못하고 있다는 것이었습니다. 발만 동동 구르다 홧김에 뽀구주라고 부르는 60도짜리 옥수수술을 먹고 다들 널브러져 있었던 겁니다.

"그 차, 다 주세요!"

그 한마디에 깜짝 놀라 주섬주섬 찻잎을 챙겨주던 마을 사람들과의 인연이 지금까지 이어졌습니다.

2010년에는 이런 일도 있었습니다. 배가 고파 촌장에게 "닭 좀 잡아먹자." 했더니 달걀 때문에 못 잡는다고 했습니다. "그럼 돼지라도 잡자. 돈은 내가 줄게!" 했지만 여전히 촌장은 무조건 안 된다고만 했습니다.

그런 촌장 생각이 나서, 이후 우량산을 넘어 바이잉차산을 찾을 때마다 말린 돼지 다리 두 개를 챙겨서 하나는 촌장 차이창에게 주고 다른 하나는 제가 먹고 그랬습니다.

그렇게 14년 동안 매년 그 산을 넘곤 했습니다.

'훠퉤'라 불리는 하몽 같은 돼지 다리. 가끔 잡히는 노루로 육포를 만들어 널어놓으면 무조건 구매하여 비상식량으로 가지고 다녔습니다.

노빙도
밤새워 춤을

지금은 백앵차산의 길도 크게 뚫리고 매일 오토바이에 신선육을 가져와 파는 장사꾼도 오지만, 2016년 이전의 차산 길은 말 그대로 오프로드 비포장이었기에 오는 것도 쉽지 않고 가는 것도 쉽지 않은 해발 2,300m 오르막의 성지였습니다.

외국인인 제가 한 해에도 봄, 여름, 가을, 겨울 수시로 찾아오니 나중에는 정말 친해졌지만, 처음 몇 년은 말도 잘 통하지 않는 고산이족이었습니다. 강족의 후예인 고산이족은 지금의 동티베트가 본거지였지만 1253년 쿠빌라이칸이 대리국을 정벌할 당시 남하를 시작하여 운남 대리 이남과 린창지역의 산간에 분포하게 되었습니다.

말이 잘 통하지 않는 차산 사람들과 친해지는 방법으로 첫째는 음주가무만한 것이 없습니다. 그래서 남나에 가든 노빙도에 가든 백앵에 가든, 먹거리를 먼저 준비해서 차산에 오릅니다. 산에서는 만날 수 없는 한국 술이나 아니면 쉽게 먹을 수 없는 돼지 반 마리 정도를 준비해서 올라가는 겁니다. 처음에는 한두 명으로 시작하지만 산골짜기 구석구석에 사는 사람들이 차례차례 모여듭니다. 산속의 음주문화란 한 손에 60도 뽀구주(옥수수술)를 들고, 다른 한 손으로는 보이차를 컵으로 마시는 것이 보통이던 시절입니다. 안주가 무언지도 모르던 이들에게, 누를 안(按) 자에 술 주(酒) 자를 쓰는 '안주'는 신세계였을 듯합니다.

음주에 노래가 빠질 수는 없는 법이어서, 주로 한국의 민요나 가요를 많이 불렀습니다. 〈아리랑〉, 〈옹헤야〉, 〈태평가〉, 〈삼태기 메들리〉, 〈독도는 우리땅〉, 〈도요새〉……. 처음에는 한국말로 불렀지만 중국어가 늘자 중국어로 부르게 되었습니다. 나중에는 소수민족의 노래 한 곡 정도를 녹음해 두었다가 몇 날 며칠 외우기도 했습니다. 나중에 그 소수민족 앞에서 군가 식으로 크게 불러주면 다들 너무너무 좋아했습니다. 함께 목이 터져라 밤 새워 불렀습니다. 참 행복했습니다.

둘째는, 안주를 비롯한 본격적인 먹거리 외에 차산에 갈 때마다 풍선과 사탕, 소시지 같은 것을 준비하여 나누어주는 것입니다. 산들을 오르다 보면 보통 1주일에서 2주일을 달리게 되는데, 많은 미취학 어린이들을 만나게 됩니다. 산속에는 잡화점이 없기에 하나씩 나눠주다 보면 나도 기분 좋고 아이들도 기분 좋고 부모님도 기분 좋고, 서로의 입가에서 미소가 피어나는 작은 행복이었습니다.

세 번째는 금돼지 열쇠고리였습니다. 2006년부터 시작된 좋은 고차수가 있는 차산 찾기에서 저를 도와 주시는 고마운 분들에게 한국산 금돼지 열쇠고리를 선물했습니다. 당시에는 금 한 돈이 5만 원 정도였습니다. 몇 개씩 구매해서 정말 고마운 분들께 드렸습니다. 2G이긴 하지만 이 산골에도 휴대폰이 보급되어 있었는데, 아무도 열쇠고리를 제 용도로 쓰지 않았습니다. 왜 사용하지 않느냐고 물어보니, 목걸이를 만들어서 부인이나 딸에게 주었다는 사람이 있고, 이불 아래 깊숙한 곳에 숨겨두었다는 사람도 있었습니다. 중국에서는 손오공보다 저팔계를 더 좋아합니다. 돼지가 부의 상징이기 때문인데, 순금돼지를 받은 것이니 너무너무 큰 선물이라 여긴 것 같습니다. 지금도 누군가의 소중한 돼지일 것이라 생각합니다.

2005년에서 2009년 초까지는 혼자 운전하며 차산을 돌아다녔습니다. 한 번 움직이면 1박 2일 운전이 보통이고, 2박 3일도 적지 않았습니다. 어려운 길들이 많았지만, 두려움과 어려움이 찾아올 때마다 스스로를 향해 "아아, 좋다! 아아, 행복하다!" 하고 주문처럼 소리치곤 했습니다. 혼자일 때도 그랬지만 다른 사람들이 있을 때도 이 말을 입에 달고 살았습니다. 진짜로 행복한 순간도 많았고, 행복하지 않은 순간에도 그렇게 주문을 외우면 행복해지곤 했습니다. 그래서인지 지금도 저를 아는 모든 외국인 친구들이 할 줄 아는 한국어 첫마디는 모두 "아, 좋다. 아, 행복하다!"입니다.

우기의 린창 G214번 국도(20008년)

린창의
와족 이야기

와족

린창 지역은 운남에서도 오지 중의 오지였습니다. 일단 고속도로가 없고, 국도는 포장을 가장한 비포장이 거의 90퍼센트 이상이었으며, 1차로 외길입니다. 비가 오면 진흙 범벅이 되어 사륜구동 자동차조차 가기 힘든 길인 데다가 낙석과 붕괴도 언제 일어날지 모르는 길인지라, 우기가 시작되면 안 다니는 것이 최선이라 여길 정도로 힘든 길이었습니다.

린창은 옛 미얀마의 땅이었고, 수많은 소수민족이 거주합니다. 그 중에서 가장 많은 것이 와족인데, 한족들이 섬뜩하게 여겨서 만나기 꺼리는 민족이기도 합니다. 와족은 흔히 '아시아의 아프리카인'이라 불립니다. 엄청나게 검은 피부와 긴 직모의 머릿결, 다른 소수민족에 비해 강인해 보이는 첫인상, 그런 것들이 와족의 외형적 특징입니다. 린창의 대설산을 중심으로 좌우 하단에 있는 쌍쫭, 껑마, 창위엔이 대표적인 와족 거주지입니다.

차산을 찾아 헤매다가 예기치 않게 들어가게 된 어느 마을에서의 일입니다. 하룻밤 잘 곳을 찾다가 마을 사람들을 만나게 되었습니다. 텐트를 치려고 했더니 누군가 자기 집에서 자라는 제안을 했습니다. 이어 저녁상이 차려졌고, 비교적 입맛에 맞는 먹거리들에 말은 잘 통하지 않지만 즐거운 식사자리가 이어졌습니다. 60도짜리 옥수수술도 올라왔습니다. 작은 잔으로 석 잔이면 대부분의 사람들이 기절하게 되는 그런 술입니다. 그런데 한두 사람도 아니고 동네 사람 전체가 작은 잔을 하나씩 들고 차례차례 저와 일대일로 잔을 부딪치려고 줄을 서는 겁니다.

'아 이렇게 마시다가는 쓰러질 수 있다. 내 장기(臟器)를 노리는 건가? 쓰러지면 안 된다.'를 스스로 되뇌는 순간 큰 사발이 보였고, '큰 사발에 원샷 한 번 하면 다들 놀라서 뒤에 있는 사람들은 포기하겠지!'라는 생각이 들었습니다. 곧바로 큰 사발 두 개를 들어서 상대방에게 한 사발 나에게 한 사발 따르고 한 번에 들이켰습니다. 지켜보던 사람들이 모두 "와아!" 하며 놀라더니 각자 다른 방향으로 사라졌습니다. 그제야 저는 '휴, 살았다. 놀라서 다들 집에 갔구나.' 하고 생각했습니다. 그런데 그게 아니었습니다. 얼마 지나지 않아 모두가 큰 사발 하나씩을 들고 다시 나타나 제 앞에 또 줄을 서는 것이었습니다.

그날 진짜 죽는 줄 알았습니다. 세 사발을 연거푸 들이켜고 쓰러질 것만 같아서 주위를 둘러보았더니 마침 마당의 모닥불 옆에서 몇 명이 대나무 두 개를 잡고 폴리네시아인들이 추는 대나무 춤을 준비하고 있었습니다. 남은 사람들을 모두 무시하고 그리로 달려가서 한 시간쯤 대나무를 잡고 춤 배우는 시늉을 했습니다. 몇 번이고 땅에 엎어지고 나서야 술이 조금 깼습니다.

물론 그날 밤에는 아무 일도 일어나지 않았습니다. 저 혼자 얕은꾀를 쓰려다가 큰 낭패를 볼 뻔한 것입니다.

와족을 한마디로 평할 때 흔히 "쇼화더 창거, 졸루더 티야우(말은 노래, 걷는 것은 춤)"라고 합니다. 흥이 많고 남나산 아이니족과 더불어 가장 즐거운 민족입니다.

마을 입구의 런도우쫭(머리를 올려 놓은 자리)

양귀비

린창의 산길에서는 아편의 원료가 되는 양귀비도 가끔 보였습니다. 중국에서는 살인, 총기 소지 외에 마약 재배도 사형입니다. 그러나 길이 거의 없고 고립된 산속에서 누가 배앓이라도 할 경우 가장 쉬운 처방이 양귀비 아편입니다. 그런 시정은 이해하지만, 양귀비 꽃잎의 하늘거림에 '꽃만 보아도 취하는데 이 지역의 음식은 아무거나 먹으면 안 되겠구나!' 하는 생각이 절로 들었습니다.

2008년
린창 백앵

린창에서는 대마도 많이 재배합니다. 줄기를 이용해서 선박의 밧줄을 만들거나 기타 다른 용도로 사용하기 때문에 대마는 아주 흔히 볼 수 있습니다. 차마고도를 여행할 때도 길가에 너무 흔하게 보여서 '이건 차마고도가 아니라 대마고도군.' 하고 생각했던 기억이 납니다.
이렇게 대마가 흔한 탓인지 과거 린창 산간 사람들의 간식이 대마씨였습니다. 뱀 눈처럼 생긴 대마씨를 쉼 없이 입에 넣고 까먹는 모습을 흔히 볼 수 있었습니다.

대마씨

린창은 한족들에게는 무서운 땅입니다. 왜 그렇게 되었을까요?

첫 번째 이유는 나관중의 《삼국지》와 관련이 있습니다. 여기에 남만의 맹획을 정벌하는 제갈량의 이야기가 나오는데, 남만의 정글은 독사와 독충이 득시글거리고 이질과 각종 해괴한 질병이 창궐하는 무시무시한 곳으로 묘사되고, 맹획은 너무나 용맹하고 잔인하며 힘 좋은 사람으로 그려져 있습니다. 한족의 생각에는, 운남의 오지에 갔다가 잘못하면 죽을 수도 있겠다는 두려움이 들었을 겁니다.

두 번째 이유는, 와족의 독특한 풍습 때문입니다. 지금은 물소의 목을 베어 집이나 마을 앞에 걸어 두지만, 과거에는 3천 년 이상 외지인의 머리를 베어 마을 입구에 세운 대나무에 걸어놓는 '렵두문화(獵头文化)'가 있었습니다. 명나라 양신의 《남조야사》를 통해 이런 사람의 머리 사냥에 대한 이야기가 소개되었고, 이러한 풍습은 실제로 1950년대까지 이어집니다. 운남지역을 통합한 공산당이 지역공산당위원회를 설치하고 이러한 풍습을 없애려고 하자 와족 대표들이 모두 모여 회의를 했고, 마지막 한 번을 끝으로 이제부터 물소 머리로 대신하겠다고 결정을 했습니다. 그런데 그 마지막으로 목이 베어 걸린 사람이 공산당원이었다는 이야기가 있기에 한족에게는 린창이 접근할 수 없는 무서운 곳이었을 것입니다.
덕분에 린창의 산간에는 천 년 이상은 물론이요 수령 3,200년에 이르는 엄청난 고차수 자원들이 남게 되었습니다.

다른 사람들이, 상인들이 키워 놓은 수령 300~400년 된 노반장이나 수령 500년 정도의 노빙도에 열광할 때, 린창 지역 차나무의 가치를 일찍 발견할 수 있었던 것은 저에게는 큰 행운이었습니다. 국가 보호수인 3,200년 수령의 소만 고차수와 대설산 3,000년 차나무를 제외하고, 인류가 채엽할 수 있는 수령 2,800년의 차왕수를 수년간 직접 채엽하고 가공할 수 있었으니 어찌 행운이 아니겠습니까.
2009년 백앵차산의 보배와 같은 찻잎을 알아보고 첫 가공을 하던 때가 생각납니다. 산속의 민가에서 밤새워 병차를 긴압하던 그때, 지금 생각해 보면 가장 힘들되 가장 아름다운 삶의 한때였습니다.

처음 갔던 이우(이무)고6대차산은 조금은 실망스러웠습니다. 이유는 강외지역보다 작은 차나무들 때문이었습니다. 100년 전쯤 큰불이 나서 오래된 차나무가 거의 대부분 소실되었다는 것이 현지인들 말이었지만, 여전히 고차수가 중간중간 남아 있는 것으로 보아서는 모두 다 믿기 어려웠습니다. 그래도 발길을 멈출 수는 없었습니다.

이무고6대차산의 중심이 이우쩐산(이무정산)이기 때문에 중요한 이우쩐산(원래는 만싸차산)을 시작으로 이방차산(의방차산), 만좐차산(만전차산), 꺼덩차산(혁등차산), 망지차산, 유러차산(유락차산) 답사를 마쳤습니다. 그리고 내린 결론이 이렇습니다.

"이무 차순호에 답이 있구나!"

일종의 깨달음이었습니다.

이무고6대차산

1837년경 청나라의 국경은 란창강이었고, 란창강 경내에 있는 고6대차산(이방, 만싸, 만좐, 꺼덩, 망지, 유러)은 행정력이 미치는 실질적인 청나라의 땅이었습니다. 그런데 위치상으로 이방(의방)차산이 가장 북쪽에 위치하고 보이현으로 가는 길목인지라 한족은 만공촌과 이방촌에 주로 살았고 만싸, 만좐, 꺼덩, 망지, 유러의 소수민족은 5일장이 열리는 이방(의방)촌에 그동안 만든 차를 가지고 가서 한족의 물품과 교환하며 살았습니다. 말하자면 이방 외의 나머지 차산은 소수민족의 차산이었습니다.

1838년 운남성 스핑(석병) 사람인 처순라이(차순래)는 북경에 가서 진사시에 합격하는 영광을 얻었지만, 황제의 명으로 운남의 가장 남쪽에 새로운 마을

차순호 쇄청(위)과
증차(아래)

을 만들고 이 방향으로 진격해 오는 베트남·라오스 일대의 프랑스 군대와 미얀마의 영국군 동향을 파악하여 보고하라는 명령을 받았습니다. 중앙관직을 받거나 미관말직이라도 운남의 현감이 될 줄 알았던 처순라이에게는 귀양살이와 같은 명이었습니다.

처순라이는 고6대차산 중 남북으로 가장 길고 라오스와 국경을 마주한 가장 동쪽의 만싸차산 최남단에 터를 잡습니다. 어명으로 스핑(석병)에서 함께 온 150여 명의 하인들과 함께 산꼭대기 해발 1,300m 위치에 남향으로 지은 사합원(四合院) 구조의 사각형 집들이 들어섭니다. 이곳이 이우(易武. 이무)이고, 마을 이름은 '무력을 쉽게 행사할 수 있는 곳'이라는 뜻입니다.

황제는 처순라이의 첫 공납물을 받아보고 '서공천조(상서로운 공물을 황제에게)'라는 글귀를 하사합니다.

중국 역사상 유명한 차는 많았으나, 그 수많은 차류 중 유일하게 보이차에만 내린 황제의 휘호! 그것이 '서공천조'가 갖는 의미입니다. 혹 유배처럼 내려와야 했던 처순라이를 위로하기 위함은 아니었을까요?

아편전쟁 발발 시기(1840~1860), 위태로운 청나라 조정은 가장 똑똑한 관리이던 처순라이에게 서남지역 국토방위의 임무와 첩보 임무를 하달하면서 동시에 보이차를 공납하라고 명령합니다. 황제는 뛰어난 글솜씨로 정세를 정확히 알려줄 첨병의 중요성을 인식했고, 해당 지역에서 고군분투하는 그를 위해 특별히 공납의 노고를 위로하는 글씨도 하사합니다. 황제의 휘호가 있는 곳이 곧 청나라 국경임을 만천하에 알리고 싶었을 것이고, 국경 이남의 프랑스와 영국은 넘어 오지 말라는 경고의 의미를 담아 마을 이름을 '이무'라 했던 것입니다.

그렇다면 이무의 호급 보이차에서는 1838년 차순호가 왕 중의 왕이며, 다른 호급 보이차는 하인들의 차, 상인들의 차라 할 수 있습니다.

이런 전통과 역사를 지닌 차순호는 현재 그 6대손이 오랜 집을 지키며 가업을 이어가고 있지만, 너무나 많은 가품들에 한숨 소리가 그치치 않는 것도 현실입니다.

정확한 역사를 모르는 사람들은 엉뚱한 집에 가서 "이무 ○○호, 이무 ✕✕호 몇 대 손이다!"라는 이야기를 들으며 차를 구매합니다. 중국 인터넷에는 너무 많은 가짜 차순호가 진짜인 듯 버젓이 판을 치고 있습니다. 있지도 않은 '이무 천 년 차나무' 고차수 보이차를 100만 위안에 판매하기도 하고, 후손도 다 끊어져서 조상도 알지 못하는 호급 보이차를 100년 가업을 이어온 사람이 만든 것처럼 선진하고 있습니다. 그야말로 여기도 복마전입니다.

보이차가 유명해진 것은 황제에게 공납되고 특별한 편액이 하사된 것이 시작입니다. 이 차의 정체를 바로 알아야 우선 보이차가 무언지, 어떤 보이차가 황제에게 바쳐지던 차인지 알 수 있습니다. 지금 우리가 마시는 보이차가 정말로 황제에게 공납되던 그 차일까요? 이제는 우리 스스로 다음과 같은 몇 가지 질문들을 해보아야만 합니다.

차순호 5대손 차지신 선생 가족

'중국 공차 제일진' 이무

첫째, 황제에게 바쳐진 차는 어떻게 만들어진 차였던가?
둘째, 황제는 그해 봄에 만든 차를 그해에 드셨다는데, 왜 우리는 오래
된 차만 찾는가?

저 역시 이런 고민들에 사로잡혀 이무를 비롯한 차산들을 헤매던 시기
가 있었습니다. 그런 과정을 거쳐 내린 결론이 앞서 소개한 것처럼 '이무
차순호!'입니다. 진품 보이차는 도대체 무엇인가라는 질문과 함께 깨달
음을 주고 또 주는 곳이 이우쩐산(이무정산) 처순하오(차순호)였습니다.

우리가 알아야 하는 중요한 한 가지가 있습니다.

"같은 차나무에서 채엽하더라도 어떤 방법으로 가공하느냐에 따라 다른 차가 된다."

일견 너무나 당연해 보이는 이 말만이 진정한 사실입니다.

보이차의 제조법으로 만들면 보이차

숙차의 제조법으로 만들면 숙차

생차의 제조법으로 만들면 생차

홍차의 제조법으로 만들면 홍차

녹차의 제조법으로 만들면 녹차

대홍포의 제조법으로 만들면 대홍포!

보이차의 제조법은 앞에서 이미 간단하게 정리해서 설명을 드렸습니다. 이와 함께 비교해서 살펴볼 것이 바로 '숙차' 문제입니다. 숙차는 전통적인 보이차 제조법과는 완전히 다른 방법으로 만든 차입니다. 그런데도 이 차를 계속 '보이차'로 불러야 할까요? 기본 전제와 상식을 깨는 이상한 논리가 아닐 수 없습니다.

숙차(熟茶)는 1973년 문화대혁명 말기부터 이용하게 된 차 제조법입니다. 차를 두엄처럼 쌓아놓고 물을 뿌린 뒤 거적으로 덮어 숙성하여 원료를 만들고, 이렇게 만들어진 숙차분(熟茶粉)을 생차(生茶) 산차와 섞어서 대량으로 차를 생산합니다. 이건 전통적인 보이차 제조법과는 전혀 무관한 제다법입니다. 이 차에 들어간 생차가 보이차이니, 최종 결과물 역시 보이차라고 주장하는 경우도 있습니다. 과연 그럴까요? 생차는 보이차일까요?

생차는 숙차가 만들어지기 시작한 이후에야 생긴 용어로, '재배차를 원료로 한 차류'를 가리키는 말입니다. 또 숙차에 이용되는 생차는 전통적인 보이차 제조법과도 다르게 만들어집니다. 이 역시 보이차와는 무관한 차인 셈입니다.

'보이차에는 생차와 숙차가 있다.'는 개념 자체가 잘못된 것이고 잘못된 상식입니다.

숙차는 대량생산이 기본이기 때문에 재배차를 원료로 하고, 대부분의 과정이 기계의 힘으로 만들어지며, 햇빛 말리기를 생략하고 기계 건조를 통해 만들어집니다. 이는 보이차 정의에 나오는 '쇄청(햇빛 말리기)'을 하지 않는 것

이므로 보이차라 할 수 없음을 스스로 인정하는 것이나 마찬가지입니다. 숙차와 생차를 대량으로 생산하는 차창들에서 만들어지는 생차와 숙차는 보이차 제조법과는 다른 방법으로 만든 다른 차류라 하겠습니다. 이러한 상황 때문에 '운남 보이차의 정의'는 아직도 명확히 내려지지 않고 있으며, 그동안 수차례 바뀐 이유도 이것 때문입니다.

저는 다행히 이무에서 평생의 스승을 만났습니다. 이우 처순하오(이무 차순호) 고택에 대대로 거주하시는 처순라이의 5대손 처즈신(차지신) 선생이 그분입니다.
이무고6대차산의 역사에 대해 배웠고, 고차수 군락을 함께 탐사했으며, 황제의 보이차 '인두공' 제조법도 전수 받았습니다.

차순호 '서공천조' 편액 아래 텐트를 치고 생활하며 매일 밤 들었던 이무정산 차 이야기가 지금도 생생합니다.

이우쩐산(이무정산)의 차와 사람들

낙수동 차왕수

아래 왼쪽 사진은 이우 뤄수이둥(낙수동)의 죽은 차왕수입니다. 이 나무는 2007년까지만 해도 700년 차왕수로 불렸습니다. 2008년 이후에는 1,000년 차왕수로 비석까지 파서 세웠었지만, 이는 그들의 주장일 뿐 200년도 되지 않은 차나무로 보아야 한다는 것이 저의 소견입니다. 전봇대형 차나무류 중에서 급속으로 자라는 차나무 품종이기 때문입니다.

지금은 너무 많은 채엽으로 이미 죽어서 전각을 세우고 그 안에 안치해 놓은 신세가 되었고, 주변의 차나무 중 가장 큰 나무를 차왕수로 다시 선정하였습니다. **마헤이짜이(마흑채)** 숲속에 있는 나무로, 크기는 사람 허리 두께에 20여 미터 높이입니다. 철조망을 쳐서 보호하고 있는데, 개인의 소유가 아닌 국유림 안의 나무여서 누구도 채엽을 할 수 없습니다. 2018년에 이 나무의 찻잎을 100만 위안에 거래한 사람들이 있었는데, 판매한 주민과 구매한 사람 모두 공안에 끌려가기도 했습니다. 아무튼 지금은 이 나무가 이우쩐산에서 그나마 가장 큰 차나무라 하겠습니다.

낙수동의 죽은 차왕수(좌)와 마헤이짜이 차왕수(우)

꽈펑짜이
고차수 규락

야오족(瑶族)이 사는 **꽈펑짜이(괄풍채)**는 라오스와의 국경 근처 깊숙한 곳에 있는 차산이지만 진품 고차수는 250여 그루 정도고, 그나마 마을에서 도보로 3시간 이상 떨어진 곳에 있습니다. 나머지는 모두 재배차입니다. 이우쩐산(이무정산)에서 가장 가기 어려운 마을이다 보니 과거에는 모르는 분들이 많은 곳이었고, 2009년에 MBC 〈인문기행〉 중국 촬영팀을 현지 코디하며 모시고 갔던 곳입니다.

고차수 군락을 보기 위해 물 넘고 다리 건너, 산 넘고 절벽 지나, 어렵게 찾아간 곳이었습니다. 현지에서 만들어 가지고 나와야 하는 차인지라 시쐉반나에서는 검은빛이 가장 많은 차류였는데, 그나마 지금은 가격이 너무 높아져서 재배차로 대체하다 보니 점점 푸른 차가 된 안타까운 곳입니다.

꽈펑짜이의 야오족

마헤이짜이에서 왼쪽으로 산을 돌면 **띵자짜이(정가채)**가 나오는데 역시 야오족의 마을입니다. 고차수 군락은 존재하지 않고 마을 주변에 심어놓은 교목 차나무들이 있습니다.

이우쩐산의 고차수 핵심은 **까오산짜이(고신채)**입니다. 이곳은 보이차를 배우러 오신 김호영 선생(전 삼성 프로축구 선수)이 2008년에 생활하시며 고차수 보이차를 만들었던 곳으로, 줄기가 긴 중소엽종 교목 차나무가 많은 곳입니다. 향탕이족(香糖彝族)의 마을입니다. 일찌감치 한족 문화를 받아들여 제사를 중시하고, 살아 있을 때 미리 관을 만들어 보관합니다. 종족 이름이 퍽 재미있는데, 수시로 향(香)을 피우고 설탕[糖]을 밥처럼 먹는 이족(彝族)이라 향탕이족이라고 부르는 것입니다. 만좐차산과 상명 일대까지 분포합니다. 개인적으로 이무정산의 고차수 중 이곳의 고차수를 가장 좋게 평가합니다. 줄기가 긴 것이 특징이어서 병차를 만들고 나면 병면에 줄기가 서너 개는 보여야 정상입니다.

만좐차산(만전차산) 역시 향탕이족의 차산입니다. 고차수보다는 사람 키를 넘기는 100년 미만의 교목 대수차가 대세인 차산입니다. 필자는 2011년부터 2013년까지 이 만좐 대수차로 보이차를 만들었는데, 양쇼라는 친구의 집에서 채엽하고 제조하였습니다. 여기서 말하는 대수차(大樹茶)란 사람 키를 넘기는 나무지만 수령은 100년 미만인 차나무를 말합니다.

만좐의 대수차

만좐에 갔다가 깜짝 놀란 일이 있었습니다. 움직이는 것은 무엇이든 다 먹는 운남의 소수민족 사람들이란 것을 잠시 잊고 방심한 순간, 갑자기 눈에 들어온 것은 들통에 통째로 쪄져 있는 원숭이 한 마리! 엄청난 노린내! 너무나 맛나게 먹는 일가족!

만전차산 며느리

'아! 이 사람들은 사람도 잡아먹을 수 있겠구나!'라는 생각이 슬쩍 지나간 곳이 바로 만좐이었습니다. 물론 정말 순박하고 좋은 사람들입니다.

만좐에서 또 하나 인상 깊었던 것이 '소처럼 일하는 며느리'입니다. 남편은 매일 놀다시피하고 부인이 모든 일을 다 합니다.

"운남에서 태어나려면 개나 남자로 태어나라."는 말이 있습니다. 개는 묶어두지 않으니 마음대로 자고 마음대로 돌아다닐 수 있고, 남자는 집에서 쉬고 여자가 모든 일을 다 하는 곳이 운남이기에 생긴 말입니다. 내력은 조금 슬픕니다. 명·청 시대, 남자아이들이 모두 환관으로 잡혀가다 보니 엄마와 누나가 바깥일을 하면서 망을 보고, 남자는 집에 숨어 애를 보는 생활방식이 고착되었던 것입니다. 그리고 그게 지금까지 이어지고 있는 겁니다.

도가도비상도

이무고6대차산의 중심 마을이 상밍(象明, 상명)이고, 그 인근에 **왕자산 만송차산**이 있어서 사람들이 많이 찾습니다. 왕자산 만송마을은 정확히는 이방차산(의방차산) 최남단 만송촌입니다.

2007년 이전, 이곳에 황제의 다원이 있었다는 출처 불명의 글 하나가 인터넷에 올라왔습니다. 그런데 이 소문이 일파만파 퍼져 결국은 기정사실화됩니다. 당연히 많은 이들이 이런 글을 읽고 만송에 와서 고수차를 찾습니다. 우리가 갔을 때도 만송의 모든 집에서는 '마지막 1kg밖에 안 남았다.'며 그걸 1만 위안에 팔고 있었습니다. 소위 1만 위안 마케팅입니다. 힘들게 왔으니 그냥 가기 아쉽고, 마지막 남은 차라니 마음이 급해집니다. 결국 황제의 다원에서 나왔으니 1만 위안도 나쁘지 않다는 생각이 들면서 그걸 사는 사람이 많았습니다.

만송촌

김호영 선생과 저는 차산에 가면 무조건 차나무 상태부터 확인합니다. 꽈펑짜이(괄풍채)에서는 왕복 6시간 넘게 걸어서 차나무를 확인했고, 아이라오산(애뢰산)에서도 며칠을 생활하며 차나무를 확인했었습니다. 이곳 만송에 처음 갔을 때도 3시간 넘게 오토바이로 올라가고 다시 걸어서 올라간 끝에 라오만송(노만송) 황제의 다원이란 곳에 갔었습니다. 그런데 한 그루의 고차수도 없고, 무릎 높이도 되지 않는 재배차만 보였습니다. 그걸 보며 노자《도덕경》의 '명가명비상명(名可名非常名)'이 떠올랐습니다. 정말 최악의 마을로 기억합니다. 이후 몇 년 동안 여러 번 이곳을 방문했는데, 1만 위안 마케팅은 변하지 않았습니다. 오는 사람들은 꾸준히 계속 오기 때문이었을 겁니다.

의방 왕자산 라오만송 가는 길

이방차산 이방촌

이방차산

이방차산(의방차산)의 이방촌(의방촌) 가는 길은 상밍(상명)에서 가는 길과 꺼덩차산(혁등차산)에서 가는 길이 있는데, 두 길이 만나 결국 이방촌으로 연결됩니다. 1838년 차순호 이전 모든 호급 보이차가 있던 곳이 바로 이곳 이방촌입니다. 명성에 걸맞게 지금도 마을은 돌을 깎아 쌓은 석축 위에 자리하고, 돌로 된 길 위에 집들이 세워져 있습니다.

차나무는 특이하게도 특소엽종이며, 수령은 400년 정도입니다. 여기서 4km 정도 떨어진 만공촌의 차나무도 특소엽종에 속합니다. 이로써 알 수 있는 것

이 하나 있습니다. 과거 명나라의 최남단은 이방차산(의방차산) 이방촌과 만공촌이었으며, 여기로 이주한 한족들은 특소엽종의 차나무를 심고 그 원료로 보이차를 제조했을 것이라는 점입니다. 소수민족이 살던 만싸, 만좐, 꺼덩, 유러, 망지 차산의 차는 중소엽종과 대엽종으로 제조 후 차마고도를 거쳐 티베트로 이송되거나 일반 사람들이 마셨고, 만송촌과 이방촌의 특소엽종으로 만든 보이차는 북경으로 향했을 것이라 짐작됩니다.

혁등차산 가는 길

꺼덩(혁등)차산은 이무고6대차산 중 가장 좋은 차나무 군락이 있는 곳입니다. 이 차산의 즈봉촌에는 지눠족(基诺族)이 살고 있으며 1,000여 그루의 수령 300~400년 된 대엽종 차나무가 존재합니다. 강내지역 다른 차산과 달리 유러차산(유락차산)과 이곳에만 있는 대엽종 고차수 군락은 과거 하니족이 이주하면서 심어둔 것으로, 나중에 지눠족이 그 터에 다시 자리를 잡은 것으로 판단됩니다. 강외지역 차나무와 품종이 같기 때문입니다.

다 자란 찻잎의 크기를 기준으로 운남의 차나무를 분류하고 주요 차산 현황을 살펴보면 대략 다음과 같습니다.

- 특대엽종(사람 얼굴보다 큼) : 대조산 차왕수
- 대엽종(사람 손바닥 길이) : 강외지역(화주량즈, 난눠, 파사, 뿌랑, 멍송), 꺼덩, 유러
- 소엽종(대엽종의 절반) : 강내지역(이우, 만촨, 망지), 아이라오, 징마이
- 특소엽종(새끼손가락 정도) : 이방, 만공

이 외에 망지차산의 안러(안락) 지역에도 작은 고차수 군락이 있으나 너무 미미하여 논외로 합니다.

꺼덩(혁등)차산 채엽

지뇌족

유러차산(유락차산)은 지뇌족의 차산입니다. 지뇌족은 전통의상이 특이한데, 소수민족 복장 중에 가장 튼튼한 옷감을 사용하여 유도복 같은 느낌을 줍니다. 다른 소수민족들의 옷은 보통 검은색인데, 지뇌족은 흰색입니다. 또 태양신을 섬기기 때문에 등판 중앙에 태양의 문양을 반드시 넣고 붉은 줄무늬를 넣는 것이 특징이며, 사오정 모자 같은 사각모를 펼쳐서 씁니다.

야뇌촌에 세 곳의 대엽종 고차수 군락이 있고, 군락 내에 다섯 종류 이상의 차나무가 혼재된 상태로 장관을 이룹니다. 비교적 징홍(景洪)에 가까워서 행정구역도 유일하게 징홍시에 속합니다. 2008년에는 야뇌의 고차수를 직접 제조했었지만 2009년 이후 이무 차순호에 일임하면서 더 이상 제조하지 않았습니다.

강내지역 꺼덩과 유러 차산의 대엽종은 강외지역 차나무와 흡사하기 때문에 병차로 제조 후에는 병면에 줄기가 보이지 않는 것이 특징입니다. 해발 고도가 1,300m로 비교적 낮다 보니 채엽 시기에 벌레가 많아 새싹에 흰털이 많은 것도 특징이며, 만들고 난 후에도 검은빛보다는 녹색과 흰빛이 많이 보입니다. 이우쩐산의 소엽종은 줄기가 긴 것이 특징이어서 병차로 만들고 나면 앞뒷면에 3~4개의 줄기가 보여야 하고, 버드나무 잎처럼 길쭉길쭉한 찻잎이 특징입니다. 이방의 특소엽종은 줄기가 거의 보이지 않고 무지무지 작은 잎이 특징입니다. 가장 단맛이 강하고 향이 좋다 하겠습니다. 비싸도 이해해 줄만하다 생각합니다.

국경 도시 징훙

징훙(景洪)은 해발 560m로 란창강이 도시 중앙부를 지나갑니다. 강을 따라 남으로 라오스와 미얀마가 나뉘고 그 아래에 태국이 있습니다. 과거에는 이들 세 나라 국경이 만나는 지역을 트라이앵글이라 불렀는데, 대표적인 마약 재배지였습니다. 지금도 가끔은 마약 관련 뉴스가 보도되곤 합니다.

미얀마와 라오스 국경 지역은 북부반군이 점령하고 있다고 하는데, 그들이 누구인지에 대해서는 아는 바 없었습니다. 다만 운남에 살면서 들은 이야기는 있습니다. 중국이 공산당에 의해 통일이 되었을 때, 국민당 쪽 사람들은 다수가 대만으로 탈주했고 나머지는 대부분 잡혀서 죽거나 소리 소문 없이 사라졌습니다. 운남의 경우 육군강무학교를 통해 수많은 장군과 장교가 배출되었는데, 이들 중 일부는 공산당에 들어가고 일부는 국민당 편이 되었습니다. 공산당이 중국을 통일한 뒤에도 국민당 소속이던 장군 일부는 미얀마와 라오스 북부에 주둔하며 지금의 국경이 최종적으로 정해지는 1976년까지도 치열하게 저항하며 전투를 했다고 합니다.

징훙 또한 1960년까지만 해도 미얀마와의 국경 지역이었습니다. 그 증거가 바로 징훙시 외사처 마당 구석에 있는 국경표지석입니다. 이렇게 오늘은 공산당, 내일은 국민당(북부반군)이 지배하는 세상이다 보니 이 지역 사람들은 눈치를 많이 보지 않을 수 없었습니다. 자칫 어느 한쪽을 잘못 편들었다가는 목숨이 왔다 갔다 했을 겁니다. 그래서인지 이 지역 사람들은 주변에서 시비가 일어날 경우 절대로 개입을 하지 않습니다. 누가 옳고 누가 그른지 명백하게 판단이 서더라도 나서지는 않는 겁니다.

한편, 국경 너머 반군의 수장은 이미 3대가 바뀌어 손자나 증손자가 지역 사령관이 되었다고 합니다. 이들은 중국어를 사용하지만 중국인은 아니고, 그렇다고 미얀마 정규군에 투항할 입장도 아닙니다. 당연히 이들에게는 운남에 친인척도 있습니다. 운남 사람들은 3년 전까시만 해도 이들 북부반군이 있는 마을에 다녀오곤 했습니다. 국경선이 있기는 하지만 중간중간 표지석만 있을 뿐 지키는 군인도 많지 않았습니다. 이처럼 수비가 허술했기 때문에 한동안 탈북자들이 동남아로 넘어가는 루트가 되기도 했습니다. 하지만 코로나19 이후 국경선에는 철조망이 쳐지고 군인들의 경비도 삼엄해졌습니다. 다소 지루할 수 있는 이야기를 길게 한 이유는 이렇습니다.

지금의 지도를 보고 과거를 판단하면 안 된다는 것.
강외지역은 과거 국경 바깥 지역이었다는 것.
중국 역사에 편입된 지 얼마 되지 않았다는 것.

발전하는 징홍(2019년)

전설이 된
파달산 차황수

징훙에서 서쪽으로 가장 가까운 차산이 난눠산(남나산)입니다. 난눠산은 제갈공명이 차나무를 심어서 병사의 눈병을 고쳤다는 고사가 전하는 차산이며, 현재 시솽반나에서 가장 큰 차왕수가 있는 곳입니다.

정사《삼국지》에 따르면 제갈공명이 남만 정벌을 한 기간은 약 한 달 정도입니다. 사천성 성도를 출발해서 지금의 쿤밍까지 왔다 가는 데 걸리는 시간입니다. 다녀오기도 빠듯할 이 기간에 맹획을 잡았다 놨다 일곱 번을 했다는 겁니다. 어이없는 이야기가 아닐 수 없습니다.

그런데 강외지역의 지명에 모두 사나울 '맹(猛)' 자가 들어가는 이유는 무엇일까요? 남만왕(南蠻王) 맹획(孟獲)과 연관된 칠종칠금(七縱七擒)의 고사를 인용해서, '원래 이 지역은 1,800년 전에 이미 제갈량이 평정한 지역이고, 따라서 중국의 땅이 명백하다.'는 웅변 아닐까요? 말하자면 서남공정의 일부인 셈입니다. 멍하이(맹해)의 원래 이름은 푸하이(불해)였습니다. 그 외에 멍라(맹납), 멍아(맹아), 멍옌(맹연), 멍쿠(맹고) 등의 지명이 있습니다. 푸얼시(보이시)의 옛 지명은 쓰마오(사모)입니다. 제갈공명이 이 지역을 지나며 초막을 보고 어머니를 생각했다는 고사가 있어 쓰마오(思茅)로 불렀던 것입니다.
꺼덩(혁등)차산 북쪽에는 공명산이 있는데, 이렇게 이무고6대차산 인근까지 제갈공명이 왔다고 기록하기 위해 공명산이라 부르는 것입니다.

입맛대로 지명을 뜯어고치는 사례들을 살피다 보니 '빠다산(파달산)'도 제대로 보입니다. 1,250여 년 전, 당나라 사람 육우가 쓴《다경》첫머리에는 '파산(巴山)과 협천(峽川)에 가면 두 사람이 껴안을 정도로 큰 차나무가 있다.'는 이야기가 나옵니다. 후세인들은 여기서 말한 파산이 어디냐를 두고 논쟁을 벌였는데, 운남에서는 1970년대 황꿰이수 교수가 젊은 시절 직접 허송(賀松) 지역을 방문하여 수령 1,700년 차나무를 확인했다고 하였으며, 이후 이 산을 파달산으로 명명했습니다. 2007년판 〈운남성 전도〉에 나오는 차황수가 바로 이 나무입니다.

개인적인 판단으로는, 파산과 협천은 장강 3협이 시작되는 충칭(중경)에서 하북성 이창(옛 강릉)까지이며, 그 중간에 있는 신농정(해발 3,106m)이 파산이며 협천이 아닌가 싶습니다. 사천의 옛 이름이 파촉(巴蜀)입니다. 파는 지금의 중경, 촉은 지금의 사천으로, 중경은 덩샤오핑(등소평) 이전까지만 해도 사천성이었습니다. 육우가 차나무를 두고 '남방의 신령스런 나무'라 하였으니, 이때의 남방은 장안의 남쪽 따빠산(大巴山, 대파산) 줄기, 파 지역의 장강 3협이라 하겠습니다.

중경의 남쪽 도시 파남

허송 지역 빠다산(파달산) 수령 1,700년의 차왕수는 2013년 의문의 죽음으로 뿌리째 뽑혀서 지금은 맹해 모 차창의 전시실에 누워 있습니다. 이 나무는 고사 이전부터 수난을 많이 겪었습니다. 본래 네 줄기로 크게 자라던 것을 10m 지점쯤에서 누군가 그 윗부분을 통째로 잘라버렸습니다. 아마 야생 고차수를 탐히던 누군가의 짓이었을 겁니다. 그렇게 줄기가 잘린 뒤에도 죽지는 않아서 다시 가지가 올라오고 새잎이 피었습니다. 그 왕성한 생명력이 놀랍고 참으로 다행이다 싶어 매년 2월이면 참배를 하곤 했는데, 2013년에는 나무가 고사했다는 이유로 아예 뿌리째 뽑아간 겁니다. 그 한 해 전에도 살아 있던 나무를 본 저로서는 이런 일련의 상황이 도무지 이해가 되지 않았습니다. 사람들이 대체 무슨 짓을 하고 있는 걸까요.

생전의 파달산 차황수
(시솽반나 지역에서는
차황수로 불림)

앞에서 소개한 파달산 허송이나 맹송 차산에는 하니족이 삽니다. 이들 지역보다 상대적으로 란창강에 더 가까운 난눠산(남나산)에는 아이니족이 삽니다. 그런데 사실 이 두 종족은 같은 민족입니다. 이름만 다른 겁니다. 예전에는 란창강을 기준으로 강내지역에 살면 하니족, 강외지역에 살면 아이니족이라 구분해서 불렀습니다. 중화인민공화국 성립 이후 란창강에서 가까운 난눠산의 하니족은 강외지역에 속한다는 이유로 종족 이름을 하루아침에 아이니족으로 바꾸게 됩니다. 그리고 그 전통이 지금까지 이어져 스스로를 아이니족이라고 칭합니다. 반면에 란창강에서 멀고 더 나중에야 중화인민공화국의 통제를 받게 된 맹송이나 파달 차산의 사람들은 이미 오래전부터 스스로를 하니족으로 인지하고 있었고, 종족 이름을 아이니족으로 바꿀 이유도 찾기 어려웠습니다. 그래서 스스로를 여전히 아이니족이 아니라 하니족이라고 부릅니다.

하니족이 사는 마을 입구에는 나무로 만든 남녀 조각이 성교하는 모습으로 세워져 있는 경우가 많습니다. 아니면 성기를 드러낸 상태로 용파문(龍巴門) 옆에 세워져 있기도 합니다. 용파문은 매년 하나씩 만들어서 계속 앞으로 만드는 형식이었지만 지금 그 전통이 남아 있는 곳은 포랑산 반편촌밖에 없습니다. 대부분 철골이나 시멘트로 한 번에 만들어버렸기 때문입니다. 그래도 매년 대나무를 이용해 사슬을 만들고 나무를 깎아 벌거벗은 남녀 조각상과 개를 조각하는 풍습은 아직 남아 있어 마을의 다산을 기원하고 잡귀의 진입을 막는 액막이 역할을 하게 합니다.

하니족은 노래로 대화를 나누는 민족이기도 합니다. 삶을 즐길 줄 아는 민족인 겁니다. 남녀가 일주일 이상 얼굴을 보았는데 함께 잠을 자지 않았다면 바보라고 생각하는 민족이기도 합니다. 그러나 그 속에는 아픈 역사가 숨겨져 있습니다.

하니족은 본래 아이라오산(애뢰산) 동남단 웬양 지역에서 천 년 넘게 다랑논을 만들어 쌀농사를 짓던 소수민족입니다. 명나라가 들어서면서 국경이 남쪽으로 여기까지 확장되었는데, 이때부터 하니족의 슬픈 역사가 본격화됩니다. 한족이 이곳에 와서 보니 하니족은 어른 키가 자기들 어깨높이 정도로 작았습니다. 황제보다 무조건 키가 작아야 하는 환관으로 쓰기에 그야말로 안성맞춤이었고, 이에 무차별적으로 하니족 남자아이들이 환관으로 잡혀가게 됩니다. 기록된 숫자만 90만이라고 하니 사실은 훨씬 더 많았을 겁니다. 이런 수난이 청나라 말기까지 계속되었습니다.

남편은 죽고 아들은 환관이 되는 상황을 더 이상 지켜볼 수 없었던 하니족 엄마들은 짐꾸러미 안에 차 씨를 챙기고 아이라오산맥(애뢰산맥)을 넘었습니다. 지금의 모짱을 지나고 우량산맥(무량산맥) 하단을 넘어 푸얼을 지난 다음 계속 남하하여 강내지역 꺼덩(혁등)과 유러(유락)에 대엽종 차 씨를 심었습니다. 일부는 푸얼에서 서편으로 란창강을 건너 남하하며 화주량즈(활죽량자), 난눠(남나), 파사, 뿌랑(포랑), 멍송(맹송), 미얀마 북단 방향으로 이동했습니다. 그리고 이들이 지나간 자리에는 어김없이 대엽종 차 씨가 심어졌고, 이것이 자라 지금의 수령 300~400년 고차수가 되었습니다. 강외지역 대다수 고차수 촌락의 주인이 하니족(아이니족)인 이유가 이것입니다.

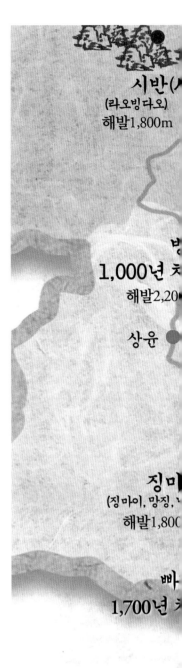

하니족

1,700m

우량산맥
(무량산맥)

(전원)

해발2,400m

쿤루
(황짜고차원)
해발1,600m

웬짱
(원강)

모짱(묵강)

닝얼 (구 보이)
해발1,100m

하니족의
대이동

란창강

푸얼 (구 쓰마오)
해발1,100m

이방 (의방)
(이방촌, 만꿍) 해발1,300m

화주량즈 (활죽량자)
(나카, 퐁룽, 퐁강)
해발2,200m

(대도강)
따뚜강
해발1,100m

꺼덩
(즈쿵)

(혁등)

이우쩐산 (이무정산)
(이우, 뤄수이,
마헤이, 꽈펑짜이, 딩자짜이)
해발1,300m

만좐
(만쫭)
(만전)

징훙
해발560m

유러 (야눠)
해발1,300m
(유락)

망지 (망지)
(안러)
해발1,300m

멍하이 (맹해)
해발1,100m

난눠(남나)
(라오반포, 빠마,
스토짜이, 야눠, 주린)
해발1,600m

파사
사 라오짜이, 중짜이, 신짜이)
해발1,600m

포랑산 (뿌랑)
(허카이, 반펀, 라오반장,
신반장, 라오만아)
해발1,300m

(맹송)멍송
(훙치, 거미, 만짜자오,
만짜포, 만마이야오)
해발1,800m

하니족의 이동 경로. 이들은 이동 경로 곳곳에 대엽종 고차수 다원을 만들었다.

지금 시솽반나의 수령 300~400년 고차수 군락 대부분이 하니족이 이동하며 심어놓은 유산이라 하겠습니다.

화주량즈(활죽량자)의 풍강, 풍롱.
난눠산(남나산)의 라오반포, 빠마, 스토짜이, 야거짜이, 주린.
파사산의 라오짜이, 중짜이, 신짜이.
뿌랑산(포랑산)의 반편, 라오반장, 신반장, 라오만아.
멍송산(맹송산)의 홍치, 거미, 만짜포, 만짜짜오, 민마이야오.
빠다산(파달산)의 허송.
멍하이(맹해)의 맹아.
대표적인 하니족(아이니족) 고차수 마을이라 하겠습니다.

강외지역 고차수 차산의 기타 소수민족으로는 화주량즈(활죽량자) 나카의 라후족, 뿌랑산(포랑산) 허카이의 라후족, 징마이(경매) 따짜이촌의 한따이족 등이 있습니다. 태족을 중국에서는 따이주라고 부르는데, 물가에서 찹쌀 농사를 하는 수이따이족(수태족), 산 정상에서 차를 만드는 한따이족(한태족), 애뢰산 신평 지역의 화뇨따이족으로 구분하기도 합니다.

한편, 명나라는 은(銀)을 화폐의 기본 단위로 삼는 은본위제 국가였습니다. 이때부터 하니족을 비롯한 산간의 소수민족 사람들은 옷에 은을 붙이기 시작했습니다. 윗옷이나 모자에 붙이고, 팔이나 목에도 둘렀습니다. 그러다 정부군이라도 만나면 도주할 반대 방향에다 그걸 멀찌감치 던져놓고 부리나케 도망가는 방식으로 목숨을 보전했던 것입니다.

프랑스 은화와 은붙이를 매단 하니족의 전통복장

난눠산 죽통차

죽통차 제조

강외지역 난눠산(남나산)이 징훙에서 가까웠기에 처음에는 지역 공산당 위원인 헤이처 선생 댁에서 난눠산 차를 만들었습니다. 2011년까지 한동안 죽통차를 만들기도 했습니다. 티엔주라고 부르는 첨죽(대나무)을 잘라다가 마디 마디를 자르고 불에 구운 뒤 죽염처럼 차를 그 안에 넣고 불에 굽고 다지기를 반복하여 만드는 차입니다. 생대나무의 즙을 죽력이라 하는데, 《동초강목》에서는 위장병 약으로 사용한다고 했습니다. 보이차의 효능 중 하나가 위와 장을 보하는 것인 바, 차와 죽력을 함께 이용할 요량으로 죽통차를 만든 것입니다. 그런데 자연상태에서 모든 과정을 진행하다 보니 대나무벌레가 들어와 죽지 않고 몇 달이나 살아 있는 것을 보고는 그 후로 더는 만들지 않았습니다.

죽통차 제조

운남에서 차를 만들 때 만나게 되는 또 하나의 복병이 담배입니다. 저는 개인적으로 담배를 몹시 싫어하고, 특히 차를 만들 때 일꾼들이 담배 피우는 걸 극도로 싫어합니다. 아마 중국 현지에서 한 손에 담배 들고 다른 손으로 차 따는 사람, 한 손으로 담배 피우며 다른 손으로 차 가공하는 사람, 더러 보셨을 겁니다. 저는 이런 게 너무나 싫어서 차산에서 같이 일하는 사람을 고를 때는 무조건 담배 안 피우는 사람이 우선입니다. 담배 피우던 직원이 담배를 끊으면 급여를 30퍼센트 올려주기도 했습니다.

운남에서는 물담배를 많이 피우는데, 니코틴 함량이 10퍼센트나 되는 싸구려가 대부분입니다. 이런 담배를 피운 사람의 손에서는 그 냄새가 사라지지 않고, 그 손으로 차를 만지면 차에도 냄새가 뱁니다.

한 번은 죽통차에서 담배 냄새가 나기에 이상하다 여기고 제조한 분을 채근한 적이 있습니다. 아니나 다를까, 제조 과정에 담배 피우는 사람이 들어 있었다고 실토했습니다. 크게 실망했고, 그 이후에는 절대로 담배 피우는 사람이 제다에 참여하지 못하게 더 철저히 막았습니다.

필자는 강내와 강외 지역의 보이차는 최대한 현지인들이 만들도록 하였습니다. 강내지역은 차순호의 차지신 선생께 일임하여 부탁드리고, 남나산은 헤이처 선생께 부탁드렸습니다.

물담배를 피우는 라후족 처자

라오빙다오의
보이차와 날다람쥐

린창 지역의 차산들에서는 2007년부터 활동하기 시작했습니다. 2006년 확인해 놓은 차산이 따쉐산(대설산), 시반산(서판산), 그리고 동반산(동판산)입니다. 대설산 동쪽 줄기인 시반산에는 라오빙다오(노빙도)가 있습니다. 당시 쿤밍에서 대리를 지나고 난지엔을 거쳐 우량산(무량산)을 넘어 란창강을 건너서 윈센(운현)에서 하루 자고, 린창시를 지나고 멍쿠를 거쳐 저녁 때가 되어야 도착할 수 있는 곳이 라오빙다오(노빙도)였습니다. 린창 지역은 사실 2006년까지만 하더라도 미지의 영역이었습니다.

특정 차산에 가기 전, 쿤밍에 올라온 시골 사람들에게 묻고 또 물어서 그 사람 고향의 지역 정보를 알아냈습니다. 군이나 정보 기관에서 특정 지역에 대해 아무 정보도 없을 때 활용하는 방법인 휴민트(인간정보, 사람을 보내거나 현지인에게 물어서 첩보를 종합하고 정보를 만들어 가는 과정)를 최대한 활용한 것입니다. 그렇게 고차수의 위치를 특정하고, 시간을 만들어 그 지역 일대를 돌면서 찾아내고, 지도에 표시하는 작업을 했습니다. 현장에 갈 때는 지프 체로키를 타는데, 뒤에는 50cc 작은 오토바이도 한 대 싣습니다. 차가 가지 못하는 곳은 이 오토바이를 이용하는 것입니다.

2007년 라오빙다오 차나무

그런 과정을 거쳐 2006년 찾아낸 곳이 라오빙다오(노빙도)입니다.

2007년과 2008년 두 해 동안, 청명 무렵에 이 라오빙다오에서 생활하며 보이차를 만들었습니다. 지에게는 정말 금쪽같은 차들이었습니다. 이 집 저 집에서 생잎을 구매하고, 이를 모아서 멍쿠(맹고)에 있는 멍타이차창으로 가져가 보이차로 가공했습니다.

찻잎을 무게로 구매하다 보니 황당한 일도 겪었습니다. 일부 주민들이 찻잎 담은 자루의 중간 부분, 보이지 않는 곳에 물을 잔뜩 부은 겁니다. 그렇게 구한 찻잎은 멍쿠까지 운송을 해야 했는데, 도로가 뚫린 지금은 30분이면 족할 거리를 그때는 꼬박 두 시간 이상 달려야 했습니다. 비포장은 당연하고, 언제 낙석이나 붕괴 사고가 나서 고립될지 알 수 없는 길이었습니다.

그렇게 위험천만 고난의 행군을 마치고 멍쿠에 도착해서 자루를 열어보니 그야말로 가관이었습니다. 시간이 지체된 탓에 자루 안에 잔뜩 쌓아놓은 찻잎은 모두 갈변이 진행 중이었고, 물이 묻은 부분의 잎들은 아예 홍차처럼 변해가고 있었던 겁니다.

호텔 방에 찻잎을 다 풀어헤쳐 놓고 밤새 부채질을 하며 식혔습니다. 그리고 다음 날 아침 차창에 가서 보이차 제조법 그대로 차를 만들었습니다. 이를 지켜보던 차창 사람들이 약간의 비웃음 섞인 억양으로 '한국인이 발명한 보이차'라며 자기들끼리 키득거리기도 했습니다.

그런데 2007년에 만든 이 보이차가 그야말로 대박이었습니다. 후발효차인 보이차를 만드는데 절반은 이미 만들기 전에 이루어진 차라는 의미에서 저는 이 특별한 차를 반전발효(半前醱酵) 보이차라고 불렀습니다. 이후 홍차 역시 병차로 가공해도 된다고 확신하게 만드는 계기가 되었고, 실수와 환경의 변화가 차에 미치는 영향을 생각하게 하는 계기도 되었습니다.

여기서 잠깐, 라오빙다오의 차 가격 이야기를 조금 해보겠습니다. 2019년 라오빙다오에 갔을 때 산차 1kg 가격이 4만 위안(약 760만 원)이었습니다. 2007년 제가 이곳에서 구매한 생잎이 4kg(산차 1kg)에 800위안(약 15만 2,000원)이었으니 정확히 50배 비싸진 겁니다. 산차 1kg으로 병차 2개 반 정도가 나옵니다. 그래서 저는 이때 만든 라오빙다오 고차수 보이차를 원하시는 분들께 편당 15만 원에 드렸습니다. 2019년 북경에서 팔리는 같은 차 1편의 가격을 알아보니 5만 위안(약 950만 원)이라고 했습니다. 혀를 내두를 수밖에 없습니다.

날다람쥐 반찬

라오빙다오의 특식은 날다람쥐입니다. 무섭게 생긴 얼굴에 생각보다 큰 날다람쥐 한 마리! 줄 것이 없다며 반 건조해 놓은 날다람쥐를 녹이 가득 슨 칼로 썰어서 조각내고 데치고 국물 내어 귀한 쌀밥과 함께 내어주던 라후족 친구가 있었습니다. 아래는 그와 제가 나눈 대화입니다.

라후족 친구 : "쩌스 예성더 하오츠마(야생이야, 맛있어)!"
필자 : "워 주야오 츠판 커이마(밥만 먹으면 안 될까)?"
라후족 친구 : (고기 한 덩이를 밥 위에 올려주며) "쩌거 츠바(이거 하나 먹어
　　　　　　봐)!"
필자 : (이마에 땀 삐질삐질 흘리며) "……."

성의가 괘씸해서 어쩔 수 없이 먹었습니다. 그런데 이 보신의 고장 라오빙다오에서는 그게 다가 아니었습니다. 그다음 날에는 두꺼비 20마리가 상에 올라왔습니다. 죽을 것 같은 무서움에 떨다가 마지못해 한 입 먹어봤는데, 의외로 뒷다리 살이 쫄깃해서 깜짝 놀랐습니다.

2008년 겨울, 이곳 라오빙다오에도 길이 뚫렸습니다. 이듬해인 2009년 청명에 가보니 이미 80퍼센트는 채엽이 끝난 상태였습니다. 2007년과 2008년에 혼자서 누린 아름다운 기억만 간직한 채, 2009년부터 바이잉차산(백앵차산)으로 올라갔습니다.

험난한 길!

무거운 짐 들어준 나귀와 당나귀,

아니 모든 만물에 감사한 지금입니다.

雲南 古茶樹 普洱茶

9

나의 보이차 만들기

필자가 쾌활보이차라는 이름으로 지난 17년 동안 만든 차는 그 종류가 다양한데, 이제는 제게 아예 없는 차들도 많습니다. 대량으로 만든 것이 아니어서, 어떤 해에 한 편만 만든 것도 있고 겨우 10여 편을 만든 것도 있었기 때문입니다. 지금 저에게 남은 차들은 그나마 수량이 좀 많았던 차, 아니면 원료 자체가 너무 비싸서 도무지 누구에게도 전하지 못한 차들 몇 편입니다.

그동안 만든 차들을 다 소개할 수는 없고, 연도별로 대표적인 몇 가지 차들의 제다 이야기만 소개할까 합니다. 나중에 '쾌활보이차 도감' 같은 것을 만들게 된다면, 소장자분들의 보이차를 같이 수록하는 기회를 만들어보고 싶습니다.

백앵차산에서 바라본 무량산맥과 란창강 운해

2007년
천년야생 고차

2007년을 보내며

2007년부터 '쾌활정경원' 이름으로 보이차를 제조하기 시작했습니다. 2005년부터 2007년까지 남나산에서 만든 차는 헤이처 선생의 포장지와 차를 그대로 사용하였습니다. 2007년에 애뢰산과 대설산, 노빙도 원료의 보이차를 소량 제조하였습니다. 〈VJ 특공대〉 촬영 현지 코디를 진행했고, 만수용단(인두공), 칠자병차, 보이차고를 친견했습니다. 2만 3,000km 관마대도 대장정과 1만 2,000km 차마고도 탐험 여행을 다녀왔습니다. 백복용단 숙차 제조에도 참여하였습니다.

2008년
노빙도 고차수 보이차

2008년 노빙도

2008년에는 보이차를 배우러 오신 1기 제자들과 현지 생활을 함께하며 차를 생산했습니다. 김호영, 김동묵, 문희락 님께서 각 차산에 상주하셨고, 덕분에 저는 채엽 시기의 시차를 두고 유러, 난눠, 라오빙다오에서 보이차를 만들 수 있었습니다. 라오빙다오(노빙도), 난눠(남나), 꺼덩(혁등), 이우(이무), 만쫜(만산), 멍송(맹송), 유러(유락)의 보이차를 생산했습니다.

2009년
맹송 고차수 보이차

2009년에는 애뢰산 '천년야생' 9kg짜리 대병 5편, '천년 야생' 5kg짜리 난과(호박)병 1과를 만들었습니다. 난눠(남 나), 바이잉(백앵), 징마이(경매), 황피엔(황편), 난눠(남나) 죽통차, 멍송(맹송), 웨광빙(월광병), 겨우살이 고차수 보 이차를 제조하였습니다.

이때부터 한국에서 준비한 내비를 사용했고, 백앵차산 에 상주하여 천 년 이상 된 차나무 잎으로 보이차 생산 에 주력했습니다. 이룬차를 타고 '세계여행'팀들과 차마 고도 투어를 진행했고, 2기 제자님들이 오셔서 역시나 차산 현지 생활을 함께했습니다. 주현승 님은 경매에서, 박정환·김태원 님은 이무에서, 김호영 님은 저와 함께 나머지 차산에서 좋은 보이차를 제조하셨습니다. '좋은 보이차 쾌활' 휘호를 열암 송정희 선생님께서 직접 써주 셔서 중국과 한국에 상표 등록을 하였습니다. 열암은 역 대 대통령 휘호, 현대와 삼성의 한자 상표, 2006년 독일 월드컵 대표팀 '투혼' 글씨로 유명한 분입니다.

2010년
백앵 흑조자
고차수 보이차

2010년을 보내며

2010년에는 차순호에서 인두공 4과를 만들었습니다. 멍송(맹송), 바이잉(백앵), 징마이(경매), 멍쿠(맹고), 난눠(남나), 처순하오(차순호) 보이차를 만들고 난눠(남나)죽통차도 제조했습니다. 차지신 선생을 한국에 초청하여 동국대대학원 특강을 진행하고 전국 일주를 하였으며, 청주 선생님들과 칭장공로 차마고도 대탐험 여행을 하였습니다.

2011년
경매 고차수 보이차

2011년 활동요약

2011년에 '천년야생' 9kg 대병과 인두공 6과, 1kg 병차 10편을 만들었습니다. 바이잉(백앵; 흑조자, 본산, 멍쿠종), 징마이(경매), 난눠(남나), 뿌랑(포랑 노반장), 멍송(맹송), 겨우살이 보이차, 난눠(남나) 죽통차, 보이차고, 처순하오(차순호), 빠량(파랑), 꽈펑짜이(괄풍채), 만좐(만전)을 생산했습니다. 은수저와 보이차를 교환하여 은탕관 제조를 준비했습니다.

2012년
백앵 본산 고차수 보이차

2012년 제조 보이차

2012년은 3.8kg짜리 순은 탕관을 제조하고 보이차고를 생산했습니다. '천년야생', 파사, 뿌랑(포 랑; 노반장), 멍송(맹송), 난눠(남나), 징마이(경매), 바이잉(백앵; 본산), 겨우살이 보이차, 만좐(만 전), 차순호에서 보이차를 생산하였습니다. 애뢰산 아포를 내비로 사용하였으며, 모친께서 친필로 죽순잎 포장 외면에 차의 이력을 쓰셨습니다. 이 해에 MBC 다큐에 출연했습니다. 난눠산 헤이처 선생을 한국에 초청하여 전국 순회를 했습니다.

2013년
파사 고차수 보이차

2013년 보이차 이야기

2013년에는 '천년야생' 9kg 대병 4과, '천년야생' 보이차, 난눠(남나), 멍송(명송), 이방(의방), 바이잉(백앵), 만쫜(만전), 징마이(경매), 보이차고, 겨우살이 보이차, 차순호, 본산죽통차를 만들었습니다. 사람을 관리하지 못하여 자조차 540편을 도난당하였습니다. 남나차산 250그루 고차수 다원을 10년 계약하였습니다. 풍강차산 고차수 다원을 30년 계약하였습니다. 멍송차산 고차수 다원을 20년 계약하였습니다. 이 해에 파달산 차왕수가 의문사하였습니다.

2014년
애뢰산 고차수 보이차

2014년을 회상하며

2014년에는 '천년야생' 9kg 대병 3편, 인두공 4과, 흑조자 2.5kg 병차를 만들었습니다. 애뢰산, 바이잉(본산, 흑조자), 멍송(맹송), 난눠(남나), 퐁강, 만좐(만전), 징마이(경매), 파사, 차순호, 겨우살이 보이차를 생산하였습니다. 멍송과 난눠에 쾌활초제소 3곳을 등록하였고, 중국 상표 등록을 완료하였습니다. 전다법으로 달임차를 시작하여 전파하였습니다. 찻잎 내비를 시작하였습니다. 스탠리(stanley)사의 보온병을 이용한 음다법을 권장하였습니다.

한국 보이차고 제조는 실패하였습니다. 차산에 스마트폰이 등장하기 시작하연서 막대한 정보들이 전해집니다. 우림고차방의 등장으로 신 삼국지 시대가 잠시 열린 듯했습니다. 서초동 사무실을 시작했습니다.

2015년
백앵 본산 고차수 보이차

2015년 티베트 라싸

2015년에는 '천년야생' 보이차, 인두공 3과, 난눠(남나), 바이잉(흑조자, 본산), 멍송(맹송), 풍강, 겨우살이 보이차, 죽통차를 제조했습니다. 백앵차산의 길이 포장되어 외지인이 올라오기 시작했습니다. 차마고도와 라싸를 여행했습니다.

2016년
화주량즈 고차수 보이차

2016년을 회상하며

2016년에는 얼가즈 차왕수 인두공 6과, '천년야생', 바이잉(본산, 흑조자, 얼가즈), 난눠, 풍강, 멍송, 본산 보이차고, 고차수 홍차를 생산했습니다. 공차선단의 길을 따라 장강, 경항대운하 탐험 여행을 다녀왔습니다. 가을에 자동차를 끌고 5만km 유라시아 왕복 대탐험을 친구 이주영 교수와 떠났습니다. 돌아올 때는 혼자서 겨울에 돌아왔습니다.

2017년
금산 야생 고차수 보이차

2017년을 반성하며

2017년에는 금산차왕, 중산차왕, 파사차왕, 인두공 9과, 보이차고, 멍송, 난눠, 화주량즈, 바이잉(본산, 흑조자, 얼가즈), 파사, 젠스짜이(첨석채), 8대차산 보이차를 생산했습니다. 수령 2,200년 쾌활차왕수를 10년간 임대합니다. 리핑에게 땅을 기증하고, 10년 일한 쉐딩에게는 자동차를 사주고, 동성에게는 돈으로 지원했습니다. 드론을 활용한 항공촬영을 시작했습니다. 사드 사태로 차산에도 혐한이 촉발됩니다. 5만km 유라시아 탐험 여행을 마치고 1월 혹한의 시베리아를 지나 귀국했습니다.

2018년
백앵 본산
고차수 보이차(무술)

2018년을 반성하며

2018년에는 쾌활차왕수 보이차, 수령 2,800년 얼가즈 차왕수 3kg 병차 4편, 흑조자 차왕수 2.5kg 4편, 수령 2,500년 대조산 차왕수, 명송, 난눠, 금산, 보이차고를 제조하였습니다. 이륜차를 타고 6,600km 티베트·몽골 탐험 여행을 했고, 백앵차산 소학교 화장실 2동을 신축하여 기증했습니다. 대한민국 최초의 보이차 제작자 개인전을 인사동 아리수갤러리에서 진행했습니다.

10년 임대한 쾌활차왕수　　　　최대 크기의 얼가즈 차왕수　　　　천년 차나무 채엽

2019년
금산차왕 고수차(기해)

2019년을 반성하며 1

2019년을 반성하며 2

2019년에는 난눠산 차왕수, 난눠, 금산차왕, 중산차왕, 대조차왕, 멍송 고차수 보이차 들을 만들었습니다. 두 달 동안 서역차마고도 탐험 여행에 나섰고, 그해 백앵 콘크리트 길이 열렸습니다. 리핑에게 땅과 집을 증여하고, 멍송과 대조에 가공창을 건립했습니다.

2020년(경자), 2021년(신축)

2020년을 반성하며

2021년 이어지는 칭찬글

2020년(경자년)에는 수령 2,800년 중산차왕(얼가즈, 흑조자), 대조차왕수, 쾌활차왕수, 멍송, 난눠, 대조산(등조자) 고차수 보이차를 만들었습니다. 국내에서 보이차고를 제조 후 대구한의대 조수진 교수팀에 항염 작용 연구를 의뢰하였습니다. 이 해에 코로나가 발생하여 많은 차산이 고립되었습니다. 운남 대가뭄과 우박으로 인해 생산량이 절반으로 줄었던 해입니다.

2021년에는 난눠산 차왕수, 최대 크기 흑조자 차왕수, 본산 차왕수, 멍송 고차수 보이차를 제조하였습니다. 생산량이 너무 적었습니다. 이 해에 애뢰산 채엽 금지 명령이 내려졌고, 운남성 부성장이 바이잉을 방문했습니다.

2023년
고차수 보이차 제작 종료

사진은 난눠산 차왕수 앞에 걸린 〈운남성 고차수 보호조례〉 공포와 실시를 알리는 현수막입니다. 이 조례는 2022년 11월 30일 심의를 통과하여 2023년 3월 1일 공포·시행되었습니다. 핵심내용은 운남성 행정구역 내에서 고차수를 보호하기 위해 다음과 같은 조치를 실시한다는 것입니다.

- 고차수 재배재료, 또는 번식재료의 외국인에 의한 수집 내지 구입 엄격 금지
- 여행 프로젝트, 자원의 채집, 과학연구를 위한 조사 및 견학, 학술 실습과 촬영 등은 법률에 따라 관련 절차를 철저 이행 후 진행 가능
- 고차수 씨, 열매, 새싹, 줄기, 뿌리, 잎, 꽃 등의 채집 및 구입 금지

위반 시 채집하거나 구입한 물건은 모두 몰수하며, 1만 위안에서 5만 위안의 벌금이 부과됩니다. 외국인인 저로서는 더 이상 직접 고차수 보이차를 만들 수 없게 된 것입니다. 이제 공안이나 가이드 등 허가받은 관리자의 안내 없이는 차산을 답사하기도 어렵게 되었습니다.

중산차왕

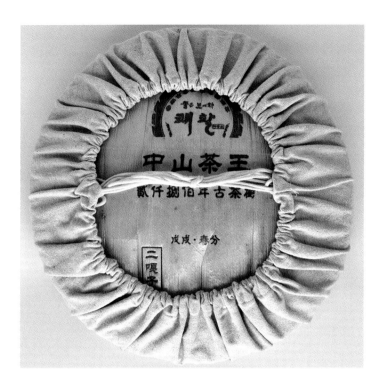

제조 연도 / 시기	2018년(무술) / 춘분(3월 20일)
차산 / 차나무	중산 백앵 / 수령 2,800년 차왕수(얼가즈)
크기	대병(2.5kg)

대조차왕

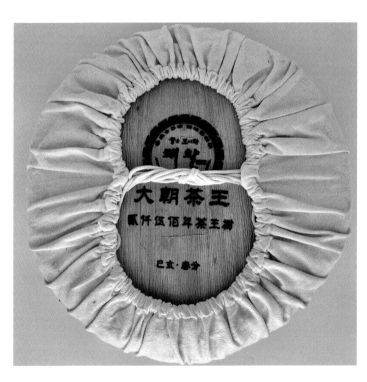

제조 연도 / 시기	2019년(기해) / 춘분(3월 20일)
차산 / 차나무	대조산 / 수령 2,500년 차왕수(특대엽종)
크기	대병(2.5kg)

쾌활 인두공

쾌활 인두공

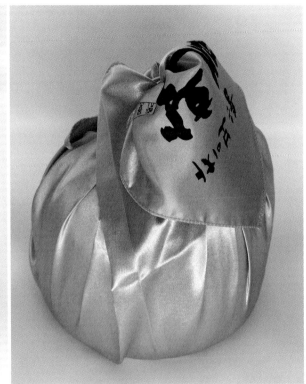

좋은 보이차 쾌활 인두공

좌측은 2010년 최초로 제조한 '쾌활 인두공'입니다. 인두공 제조법을 정확히 몰라 일반 공장의 제조법을 흉내 내어 만들었습니다. 대리에서 깎아 온 대리석에 차를 넣고 프레스(press) 방법으로 제조하여 4과를 만들어 보았습니다. 원료는 이무 차순호의 원료를 사용하였으며, 무게는 2.5kg입니다. 내비에 '이무 차순호'와 '좋은 보이차 쾌활'을 같이 적었습니다.

우측은 2011년부터 수공으로 제조한 인두공입니다. 2010년 차순호의 차지신 선생에게 수공으로 인두공 만드는 법을 전수받아서 2011년부터 만들었습니다. 원료는 해발 2,400m 애뢰산 천년야생 자순차를 기본으로 하였고, 무게는 2.5kg입니다.

2014년
흑조자 고차수 보이차

2014년 흑조자 고차수 보이차

해발 2,300m 중산 백앵차산에서 2014년 가장 큰 차나무에서 채엽한 원료를 사용하였습니다. 제가 만든 1kg짜리 보이차로는 얼가즈, 흑조자, 본산, 대조산, 멍송 등이 각각 10편에서 20편 정도입니다.

雲南 古茶樹 普洱茶

10

보이차의 음다

전다법

전다법

보이차 음다법은 여러가지가 있는데, 필자가 추천하는 방법은 달여서 마시는 전다법(煎茶法)과 스탠리 보온병 음다법입니다. 전다법을 간단히 정리하면 이렇습니다.

- 3ℓ 물에
- 5g 보이차를 넣고
- 2시간 달인다.

물은 개인 취향이 있겠지만, 제가 개인적으로 찾아낸 쾌활 보이차와 가장 잘 어울리는 물은 해양심층수 '딥스 골드'였습니다. 물의 경도가 알맞고 미량미네랄이 시중의 다른 생수보다 10배 정도 많아 쾌활 보이차와 잘 어울렸습니다.
차 양의 경우 야생성이 강한 애뢰산(금산차왕) 야생차는 2g 미만을 사용해도 충분하며, 다른 보이차는 5g을 사용합니다. 2시간 달일 때 추천하는 용기는 흙으로 만든 약탕관입니다. 가장 좋은 것은 순은(純銀) 탕관이지만 구하기 어렵습니다. 대신 경주 한국토기에서 나오는 기러기 탕관을 추천합니다.

달임차 탕색

달일 때 유의해야 하는 것이 물의 '끓음'입니다. 물 끓는 단계는 흔히 3비(沸)로 구분하는데, 1비는 탕관 바닥에 물고기 눈알처럼 동글동글 기포가 생기는 단계입니다. 2비는 기포가 진주목걸이처럼 바닥에서 수면으로 연이어 조르륵 올라오는 단계입니다. 마지막 3비는 수면이 용솟음치며 펄펄 끓는 단계인데, 이는 물이 미친 단계이므로 여기까지 가면 안 됩니다. 1비나 2비 때 차를 넣고 2시간 달이되, 뚜껑을 열고 달여야 탕이 3비로 넘어가지 않습니다.

다들 아시는 신농씨 신화에 따르면, 어느 날 독초를 72가지나 먹은 신농씨가 장이 끊어질 듯한 고통에 쓰러져 정신을 잃었는데 한참 후 깨어보니 탕관에 나뭇가지가 떨어져 있고, 그 물을 마시니 해독이 되었다고 합니다. 그리고 그 떨어진 나무가 차나무였다는 겁니다. 이는 차의 해독 기능에 초점을 맞춘 전설입니다. 차는 첫째도 해독, 둘째도 해독, 셋째도 해독입니다.

신농의 경우 뚜껑 없이 물을 끓였기 때문에 나뭇가지가 탕관 안에 들어갈 수 있었을 것입니다. 차는 달일 때 줄기, 큰 잎, 중간 잎, 새싹까지 모두 넣고 달여야 함을 신농씨 신화를 통해 알 수 있습니다. 지금은 거의 모든 차가 명나라 시대의 다법을 따르다 보니 '새싹차'를 최고로 치고 작설을 우대하지만, 신농씨 신화의 교훈은 줄기째 달여 마셔야 차가 주는 효능(해독작용)에 도달할 수 있다는 것입니다. 그래서 1일 1탕관 달임을 추천합니다.

보통의 탕관은 3ℓ 이상의 용량입니다. 여기에 3ℓ의 물을 넣고 2시간 달이면 1.4ℓ 정도가 수증기로 증발하고 다탕 1.6ℓ 정도가 남습니다. 세 사람이 500cc 정도씩 마실 수 있는 양입니다. 하루 500cc 달임차만으로도 육우가 《다경》에서 말한 24가지 차의 효능에 도달할 수 있다고 생각합니다.

용량 용법에 맞는 차를 마시는 것, 건강한 삶을 유지하는 비결입니다. 또 보이차는 공복에 드시길 추천합니다. 보이차의 효능 중 하나가 염증 치유입니다. 입술부터 식도를 거쳐 위와 장에 이르기까지, 다양한 염증을 치유할 수 있는 힘이 보이차에 담겨 있습니다.

1비 또는 2비에 차 넣기

스탠리 보온병 음다법

스탠리 보온병 음다법

시간에 쫓겨 2시간 달임을 준비할 수 없는 분들에게 추천하는 음다법입니다. 먼저 인터넷 쇼핑몰 등을 통해 '스탠리(stanley)'라는 회사에서 만든 1.9ℓ짜리 보온병을 준비합니다. 다른 회사 제품도 괜찮지만, 24시간 물 온도를 70도 이상으로 유지하는 데는 스탠리 제품이 가장 좋았습니다. 이 보온병을 활용하는 방법은 이렇습니다.

잠자리에 들기 전에,
보온병에 5g의 차를 넣고 끓는 물 1.7ℓ를 넣습니다.
다음 날 기상과 동시에 공복에, 우리 전통 다완에 한 사발 따라 마십니다.
가족이 있다면 함께 나눕니다.
아침과 점심 사이(오전 10시경) 공복에, 다시 사발에 차를 따라 마십니다.
오후를 지나면서 차는 차가 아니라 음료가 됩니다. 차를 따라낸 만큼 새로 들어간 공기가 차를 산화시켰기 때문입니다.

보온병 음다가 좋은 이유는, 차가 가진 기(氣)와 미(味)를 온전히 다 느낄 수 있기 때문입니다. 전다법에서는 2시간 달이는 동안 차가 가지고 있는 일부의 기가 수증기와 함께 날아갑니다. 자사호 등을 이용하는 포다법의 경우 차의 기는 섭취할 수 있지만 진미는 섭취하지 못합니다.

멋진 다완과 보온병 하나만 있으면 어느 곳 어디를 가서든 고차수 보이차의 진미를 즐길 수 있습니다. 실용적인 다법, 즐거운 차 생활, 행복한 매일의 시작입니다.

스탠리 보온병과 김해 정호요 임만재 작가의 정호다완

스탠리 보온병 음다법

점다법과 포다법

포다법

점다법(點茶法)은 차를 가루 내어 끓여 마시는 방법입니다. 옛날 보이차 생산 현지에서는 온전한 형태의 차를 넣어 전다법으로 달여 마셨습니다. 그러나 멀리 떨어진 소비지에서는 판매상이 일부러 가루를 내어 판매했습니다. 차가 운송되는 동안 으스러져서 소비지에 도착했기 때문에, 그 상태로는 제값을 받기 어려웠고, 꾀를 낸 것이 가루차로 파는 방법이었습니다. 우리의 경우에도 조선 초까지 소비지에서는 가루차를 달여 마셨습니다. 가루차를 달이다가 잠시 어디 가서 일 보고 온 사이, 졸아붙은 차를 버릴 수 없어 숟가락으로 긁어먹던 것, 다반사의 시작이라 생각합니다. 일본의 말차 다법이 이 점다법에서 변화된 형식의 음다법입니다. 쾌활 보이차에서는 점다법을 추천하지 않습니다.

포다법(泡茶法)은 말 그대로 거품을 내어 마시는 방법으로, 자사호나 다관에 차를 넣고 우려 마시는 방법입니다. 가장 흔히 보는 방법이고, 저 역시 처음에는 자사호를 구매하여 보이차를 우려 마셨습니다. 그것이 당연하다고 생각했습니다.

하지만 자사호는 '새싹차'가 나온 명대의 다법으로, 줄기가 있는 고차수 보이차에는 어울리지 않는 다법입니다.

아무리 뜨거운 물을 부어서 오래 둔다 하더라도, 물관과 채관 속에 있는, 차나무가 뽑아 올린 미량미네랄과 영양소는 다 우러나오지 못합니다. 긴 시간을 달여야만 온전히 용출되어 나올 수 있습니다.

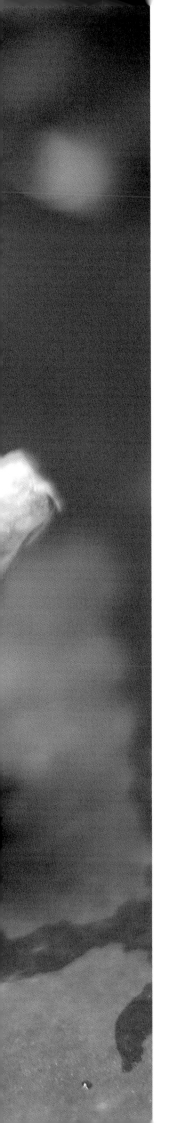

다만, 기가 강한 보이차의 경우 포다의 방법을 사용하는 것도 나쁘지는 않다고 생각합니다. 그래도 추천하고 싶은 다관은 자사호가 아니라 한국의 다관입니다. 중국 유명 작가들의 자사호는 그 자체로 훌륭합니다. 하지만 우리나라의 요장들에도 훌륭한 작가들의 훌륭한 다관이 많습니다. 우리 전통 다관과 사발의 아름다움을 생각하며, 고차수 보이차를 즐기실 것을 추천합니다. 비록 수백 수천 년 된 차나무가 한국에 없고 운남에 있기에 운남 고차수 보이차를 마시지만, 그 다구만은 누가 어떤 방법으로 어떻게 만들었는지가 명확한, 우리나라 작가들의 다관과 다완을 사용하면 좋겠습니다.

좋은 차를 만났으면 좋은 다구를 찾아야 합니다. 좋은 물을 구해서, 좋은 사람과 함께 마시는 한 사발의 차! 이것이 행복 아닐까요.

雲南 古茶樹 普洱茶

11

보이차고

보이차고와의
첫 만남

보이차고

보이차고를 처음 만난 것은 2007년, 북경의 자금성박물관에 있다가 보이시 정부로 돌아온 '백년공차 회귀보이'를 통해서였습니다. 그 구체적인 내용물이 인두공차와 칠자병차, 그리고 보이차고(普洱茶膏)였습니다. 학예사로부터 목캔디 크기의 보이차고 이야기를 들으면서, '어떻게 만들어졌을까? 어떤 작용을 할까? 왜 황제가 비상 약품으로 항상 지니고 다녔을까?' 등등 여러 의문을 떠올렸습니다.

그런데 보이차고의 고향은 사실 운남이 아니라 티베트입니다. 티베트인들이 운남의 보이차를 가져다가 보이차고를 만들었고, 이것이 다시 중원에 전해졌으며, 황제가 운남에 공납을 요구하기에 이르렀다고 합니다.

전통적인 제조 방법을 찾아보려 했으나 찾기 어려웠고, 《중차패 70년사》에서 단 두 줄의 힌트만을 얻을 수 있었습니다.

"철솥과 동솥을 이용하여 티베트에 간 군인들에게 보이차고를 제조하여 보냈다."

대한한약사협회장을 지낸 이주영 교수님께 이 문장의 의미를 여쭈었더니 두 가지를 유추해 들려주셨습니다. 하나는 서로 다른 종류의 솥 두 개를 사용한 것으로 보아 중탕(重湯)의 방법을 썼을 것이라는 얘기입니다. 다른 하나는 고산지대인 티베트에서는 열전도율과 보존율이 좋다는 이유로 동솥을 썼을 것이라는 얘기였습니다.

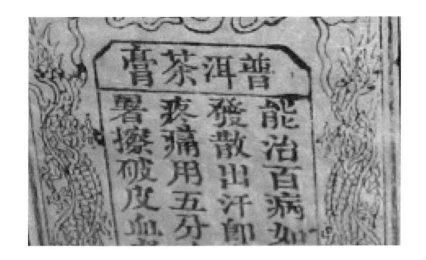

자금성에서 발견된 보이차고를 포장한 갑에는 글귀가 적혀 있는데, 그 첫 구절이 '능치백병(能治百病)', 즉 '백 가지 병을 능히 치유한다.'는 말입니다. 티베트의 기록에도 라마승들이 백 가지 종류의 병든 이들을 치료할 때 보이차고를 썼다는 기록이 있다고 합니다. 중국 황실에서는 황제의 비상약으로 쓰이고 황비의 목욕에도 쓰였다고 합니다. 도대체 얼마나 뛰어난 약이었을까요?

궁금증에 시달리던 저는 2011년 마침내 첫 보이차고 제조에 도전했습니다. 운남 현지의 철솥 외에 티베트에 가서 동솥을 구해왔습니다. 남나산 차왕수의 기운을 받기 위해 이 나무 아래에 터를 잡았습니다. 그러고는 꼬박 1주일 동안 첫 보이차고 제조에 매달렸습니다.

보이차고 제조의 첫 단계는 당연히 좋은 원료의 확보입니다. 천 년 야생 고차수의 새싹을 2월에 채취하여 산차로 만들고, 3월에 이를 우리가 보이차고 제조를 진행할 남나산 800년 차왕수 아래로 가져왔습니다. 그리고는 야빠오(아포) 형식의 이 붉은 황금빛 야생차를 조금 더 길게 햇빛에 말렸습니다.

해빛 말리기 좋이 찻잎 나비가 차향에 취했는지 떠나지를 않는다

그렇게 준비된 차를 동솥에 넣고 남나산 약수터에서 길어온 물을 붓고 2시간 동안 진하게 달였습니다. 차(茶)는 명(茗)이니, 과거에는 죽처럼 끓여 먹기도 했습니다. 다만 이 당시의 우리처럼 동솥을 사용한다면 반드시 3년 이상 사용하여 동의 독이 빠진 것을 써야 합니다.

다 우려진 차는 무명천을 써서 걸러줍니다.

물이 펄펄 끓는 가마솥 안에 진하게 우려진 다탕이 든 동솥을 안치고, 중탕의 방식으로 탕을 계속 졸이는데, 졸이는 시간만 168시간이 걸렸습니다. 꼬박 7일 밤낮이고, 잠시도 눈을 뗄 수가 없습니다. 가장 기본적인 임무는 불을 유지하는 것이고, 계속 증발되는 철솥 안의 물도 보충해 주어야 합니다. 이때 찬물을 부어서는 안 되고, 다른 솥에서 끓인 뜨거운 물을 보충해야 합니다.

참으로 긴 인고의 시간이었습니다. 민가에서 40분 거리에 있는 깊은 산속이

2시간 달임

168시간 중탕

고, 먹고 자고 싸는 모든 일이 그야말로 고생스러웠습니다. 쏟아지는 잠과도 사투를 벌어야 했는데, 특히 새벽에 더 힘들었습니다. 군에서 장교로 복무하던 시절에 서던 일직사령 당시의 기억이 절로 떠올랐고, 사흘이 지나자 몸살이 날 것 같다는 신호가 온몸에서 전해져 왔습니다. 차도 마시고 밤참도 해먹고 여행 다니던 이야기를 나누며 ㅗ긴 시간을 버텼습니다.

그렇게 버티는 사이, 처음에는 차 우린 물이었는데 점점 진녹색 덩어리가 보글보글 생성되고, 다시 검은빛의 진한 국물이 되었다가, 옻처럼 빛나는 검은빛 덩어리로 굳어지는 보이차 차고(茶膏)가 보이기 시작했습니다.

그리고 마침내 168시간 만에 모습을 드러낸 진품 보이차고. 빛나는 차고 한 덩이를 대나무 주걱으로 가만히 떠서 대나무 죽순잎에 올린 후 햇빛에 말리면 스스로 굳어져 떨어지게 됩니다. 이것으로 마침내 보이차고 완성입니다.

졸임

완성되는 보이차고

아마 저 혼자였더라면 이 첫 번째 보이차고는 절대로 성공할 수 없었을 것입니다. 김호영 선생이 저보다 더 심한 고생을 감당해 주었고, 남나산의 아이니족 동생들이 2교대로 24시간 불을 지켜주었습니다. 이들 덕분에 첫 보이차고가 완성될 수 있었고, 최고의 재료에 이들의 정성까지 더해진 최고의 차고가 나올 수 있었습니다. 이 기회를 빌어 거듭거듭 감사 인사 올립니다.

김호영(위)과 양얼, 리핑, 얀쉔, 러량

검은빛 황금이라도 만난 것처럼 흥분되고 황홀했던 2011년 그때의 감정이 지금도 생생합니다. 찻물이 변하여 검은 덩어리가 되어가는 일주일의 과정을 지켜본 그 경험이, 보이지는 않지만 실재하는 모든 것을 믿고 앞으로 달려갈 수 있는 힘의 원천이 되었습니다. 이후 여러 차례 보이차고 제조를 반복하면서 몇 가지 중요한 사실들을 깨닫게 되었습니다.

우선 보이차고 제조를 위해서는 화력 좋은 나무가 필요한데, 운남의 열대우림에서 자라는 나무는 이런 화력을 내기 어렵다는 것입니다. 이 때문에 생각보다 훨씬 많은 땔감이 필요했습니다. 이런 깨달음을 근거로 운남 이외의 지역에서 보이차고 제조를 시험하게 되었습니다.

그 다음은 동솥의 문제입니다. 차고가 맺히는 동솥의 경우 상처가 전혀 없다면 스스로 산화동이 되어 코팅이 되고 독소가 나오지 않습니다. 하지만 조금이라도 상처가 나거나 새것을 사용한다면 녹색의 동이 나오게 됩니다.

그래서 은탕관을 사용하여 보이차고를 만들어야겠다는 생각을 하게 되었습니다.

한의학의 방제학(方劑學)에서는 "약재 만드는 용기로는 은과 흙은 사용하고 철과 동은 사용하지 않는다."고 하였습니다. 이에 순은 탕관을 만들어야겠다는 생각을 굳히고 2011년부터 '은 모으기'를 시작했습니다. 많은 분이 소식을 듣고 집에서 잠자던 99.9% 순은 수저를 주저 없이 보내주셨습니다. 이렇게 모은 은의 무게만 3.8kg. 이걸 가지고 전문가에게 찾아갔습니다. 사흘 동안 달구고 두드리고를 반복한 끝에 순은 탕관이 마침내 완성되었고, 이후 이 순은 탕관을 사용하여 보이차고를 만들기 시작했습니다.

은탕관을 이용한
보이차고

은탕관 제조

은탕관을 이용한 보이차고 제조

상그리라 제조

동솥으로 처음 보이차고를 만들었던 해발 1,600m의 남나산 고차수 밑에서 이번에는 순은 탕관으로 차고를 만들었고, 이어 장소를 바꾸어가며 실험을 계속했습니다. 해발 2,300m의 백앵차산 수령 2,800년 차왕수 아래, 해발 3,260m의 티베트 디칭 등지에서 실험을 계속하며 경험을 늘려갔습니다. 국내에서도 시도했는데, 처음엔 실패하고 두 번째부터는 성공했습니다.

그 사이 〈순은 탕관을 이용한 보이차고 제조 방법〉을 특허 출원하여 등록을 마쳤고, 대구한의대와 손잡고 보이차고의 성분과 효능에 대한 과학적 분석 연구도 본격 진행했습니다. 이런 과정들을 거쳐 마침내 7일간 12번이나 달인 찻물을 보충하며 정성을 다해 만드는 쾌활만의 보이차고가 탄생하게 되었습니다.

보이차고 제조(상그리라)

죽순잎에서 떨어진 보이차고

보이차고의 효능

보이차고 효능

백 가지 병을 치료한다고 기록된 보이차고는 황제의 비상약으로도 유명합니다. 춥고 척박한 티베트 고산에서 고생하는 병사들을 위해 본국에서 만들어 보냈다는 기록도 있습니다. 우리나라에도 보이차고 관련 기록이 《일성록》에 있는데, 이에 따르면 정조가 세자이던 시절 신하 3명에게 보이차와 보이차고를 하사했다고 합니다. 이는 영조 시대에 이미 보이차고가 조선에 전해져 활용되고 있었다는 뜻입니다. 가장 장수한 왕으로 기록된 영조에게는 독살을 피하는 행운과 더불어 항염작용에 뛰어난 보이차고의 도움도 있지 않았을까 생각해 봅니다.

필자는 2021년부터 대구한의대와 본격적으로 제가 만든 보이차고의 성분과 효능에 대한 분석과 연구를 진행했는데, 이 과정에서 대장염 치료에 관한 기전이 발견되어 국제 학술지에 논문으로 실었고, 또 천연성분의 강력한 항염 물질이 확인되어 우리나라와 미국에서 조성물 특허 등록을 진행 중입니다.

대구한의대의 조수진 교수팀과 세포실험 및 동물실험을 통해 궤양성 대장염에 대한 보이차고의 효능과 약리기전 연구를 진행한 결과 대략 다음과 같은 결론을 얻었습니다. 논문에 나오는 〈결론〉 부분의 핵심내용만 요약하면 이렇습니다.

1. DSS로 유도된 궤양성 대장염 모델에서 보이차 추출물의 체중 감소에 대한 억제 효과가 유의성 있게 나타났다.

2. DSS로 유도된 궤양성 대장염 모델에서 보이차 추출물의 결장 단축에 대한 억제 효과가 유의성 있게 나타났다.

3. DSS로 유도된 궤양성 대장염 모델에서 손상된 대장조직에 대한 보이차 추출물의 개선 효과가 유의성 있게 나타났다.

4. DSS로 유도된 궤양성 대장염 모델에서 보이차 추출물의 체중 감소, 설사, 직장 출혈의 질병 활성화 정도(DAI)의 임상증상에 대한 억제 효과가 유의성 있게 나타났다.

5. DSS로 유도된 대장염 모델에서 보이차 추출물의 대장조직 내 염증성 사이토카인 TNF-α의 발현 증가에 대한 억제 효과가 유의성 있게 나타났다.

6. DSS로 유도된 대장염 모델에서 보이차 추출물의 대장조직 내 염증성 사이토카인 IL-6의 발현 증가에 대한 억제 효과가 유의성 있게 나타났다.

7. DSS로 유도된 대장염 모델에서 보이차 추출물의 항염증 기전은 대장조직 내 NF-kB의 활성 억제를 통한 염증반응을 억제하는 것으로 확인하였다.

8. 보이차 추출물의 항산화 효과를 측정하기 위하여 보이차 추출물의 활성산소 소거능에 대한 실험결과 보이차 추출물의 농도가 증가함에 따라 DPPH free radical 및 ABTS free radical 소거능이 비례적으로 증가하였다.

9. 대식세포에서 보이차 추출물의 세포독성 효과를 측정한 결과 0.01mg/mℓ부터 0.5mg/mℓ까지 약 95% 이상의 세포 생존율을 유지하였다.

10. 보이차 추출물의 항염증 효과를 측정하기 위하여 LPS로 활성화된 대식세포에서 염증성 사이토카인인 TNF-α 및 IL-6 생성에 대한 효과를 측정한 결과 보이차 추출물은 농도 의존적으로 TNF-α 생성을 억제하였으며 특히 고농도(0.5mg/mℓ)의 보이차 추출물에서는 대략 33.7%, 38.7%로 TNF-α 및 IL-6의 억제 효과를 나타내었다.

11. 보이차 추출물의 항염증 효과를 측정하기 위하여 LPS로 활성화된 대식세포에서 NO 생성에 대한 효과를 측정한 결과 보이차 추출물은 농도 의존적으로

NO 생성을 억제하였으며 특히 고농도(0.5 mg/mℓ)의 보이차 추출물에서는 대략 42.5%의 억제 효과를 나타내었다.

12. 보이차 추출물의 항염증 효과를 측정하기 위하여 LPS로 활성화된 대식세포에서 iNOS 발현에 대한 효과를 측정한 결과 보이차 추출물은 농도 의존적으로 iNOS 발현을 억제하였다.

13. 보이차 추출물의 항염증 효과를 측정하기 위하여 LPS로 활성화된 대식세포에서 COX-2 발현에 대한 효과를 측정한 결과 보이차 추출물은 농도 의존적으로 COX-2 발현을 억제하였으며, 특히 고농도(0.5 mg/mℓ)의 보이차 추출물에서는 대략 43.1%의 억제 효과를 나타내었다.

14. 보이차 추출물의 항염증 기전을 규명하기 위하여 LPS로 활성화된 대식세포에서 IκB 및 NF-κB의 활성에 대한 효과를 측정한 결과 세포질에서는 LPS로 유도된 IκB 분해가 보이차 추출물에 의하여 억제되었다. 또한 LPS로 유도된 NF-κB의 핵내로 이동은 보이차 추출물에 의하여 억제됨을 확인하였다.

본 연구에서는 DSS로 유도된 궤양성 대장염 모델을 활용하여 보이차의 대장염 임상 증상 개선 효과를 입증하였다. 또한 LPS로 활성화된 대식세포에서 염증성 매개인자의 발현 억제와 NF-κB의 활성 조절 통한 항염증 효능 및 기전을 과학적으로 규명하였다. 이를 토대로 보이차 추출물이 궤양성 대장염 및 타 염증 질환 개선 기능성 제품개발을 위한 소재로 활용 가능성을 제시하였다.

어려운 얘기들을 쉽게 정리하면, 보이차고는 궤양성 대장염에 효과가 있고, 입술부터 항문까지 점막의 상처에 대하여 강한 염증 치유 효과가 있다는 얘기입니다.
연구실에서의 이런 학문적 분석과 접근도 중요하지만, 사실 제게 더 중요한 것은 저 자신과 보이차고를 드신 주변인들의 경험입니다. 많은 분들이 공통으로 들려준 보이차고의 효능 가운데 하나는 입병에 강하다는 것이었습니다. 혓바늘이 돋거나 과로로 인해 입이 허는 경우 쌀알 두 톨 크기를 잘라서 환부에 붙이고 녹인 후 취침하면 다음 날에는 통증이 완화되고, 3일차에는 통증이 완전히 사라지면서 혀로 환부를 만져 보면 봉합되어 치유되고 있는 것을 확인할 수 있었다는 보고를 여러 번 들었습니다. 두 번째는 위궤양 또는 위염으로 일주일씩 약을 먹어야 안정이 되는 분들의 경우로, 차고를 녹여 먹은 후 호전되었다는 이야기를 들었습니다. 처음 만든 보이차고를 많은 분들께 나누어드렸는데, 100명 가운데 90명은 '입병이 아주 빨리 낫는다, 위염이 사라졌다, 상처 치료가 잘 된다.' 등등의 후기를 보내주셨습니다.

저 자신도 보이차고의 효능을 여러 번 몸으로 경험했습니다. 최근에도 그런 경험이 있었는데, 2023년 초에 과로로 인해 찾아온 편도염을 방치했다가 목소리가 안 나올 지경에 이르렀습니다. 그런데 차고를 녹여 먹고 사흘 만에 완치하였습니다. 500원짜리 동전 만하던 염증이 완전히 사라졌고, 강력한 염증 치유 효과를 몸으로 확인할 수 있었습니다.

중국의 광동성 광저우에도 제 보이차고 마니아 한 분 계십니다. 그 아들이 입병이 심했는데, 어떤 약을 복용하거나 발라도 효험이 없더니 제 보이차고를 한 번 먹고 단박에 나았다고 했습니다. 이후 주변인들에게 제 보이차고를 선물하며 지성으로 알리고 있습니다.

몇 년 전에는 제가 아는 신부님께 보이차고를 조금 나누어 드렸는데, 신부님이 이를 다시 누군가에게 나누어주신 모양입니다. 그 이후에 제게 온 문자 메시지의 내용이 이랬습니다.

"제가 아는 고등학생 하나가 백혈병으로 항암제 투여를 할 때마다 입이 헐어서 식사를 못하는데, 보이차고를 잘라 먹었더니 하루 만에 입의 갈라진 상처가 다 나았습니다. 쾌활보이차고가 정말 대단합니다. 정선생이 대단한 일을 하신 겁니다."

제가 짧게 감사의 인사를 드렸더니 다시 이런 문자가 왔습니다.

"항암치료 받는 분들이 입이 허는 부작용이 많아요. 그분들에게 일반적으로 권해드릴 수는 없지만, 제가 아는 환자들에게는 큰 힘이 되겠습니다. 보이차고 좀 더 만들어주세요. 아는 환자들 중 부작용으로 고생하시는 분들에게 드리게요. 큰일 하시는 거 맞습니다!"

보이차고는 음료로 드실 것이 아니라면 물에 녹여 마시지 않습니다. 옛 기록에는 혀 위에 올리고 30분간 녹이라고 되어 있습니다. 입병 치료 목적이라면 환부에 직접 놓고 녹이는 방법이 좋습니다. 혓바늘은 쌀알 한 톨 정도를 잠잘 때 환부에 얹어 녹이시면 됩니다.

雲南 古茶樹普洱茶

12

차마고도와 공차대도

여행의 시작

차마고도는 '운남의 보이차가 말에 실려서 티베트로 긴 길'이리는 협의의 의미와 '장강 유역의 차가 무역을 통해 티베트, 위그르, 몽골의 말과 교환된 길'이라는 광의의 의미를 띤 단어입니다.

북방민족에 의해 중원의 정권들이 위협을 받았다고 생각했기 때문에 만들어진 산해관에서 가욕관까지의 만리장성, 그리고 북방민족의 기마전술에 대항하기 위해 전투마가 필요했던 중원의 나라들은 자신들의 차를 변방의 이민족에게 주고 잘 달릴 수 있는 말을 바꾸기 위해 변방에 차마사라고 하는 관리를 파견하여 당나라 이후 본격적인 변방무역을 진행하였습니다.

처음에는 말 한 필에 30상자의 차를 주고 교환했다면 나중에는 차 한 상자에 30마리의 말이 교환되었다고 합니다. 변방민족의 입장에서 경제에 미치는 폐해가 점점 깊어질 수밖에 없었지만, 하루라도 차를 마시지 않으면 살지 못한다는 말이 나올 정도로 차를 밥처럼 먹는 지역이 되었기에 차마고도는 생존의 길이 되었습니다. 마오쩌둥(모택동) 시기 동티베트의 독립운동으로 문화대혁명 와중에 티베트로 가는 차를 금수 조치한 적이 있습니다. 마오쩌둥 사후 판첸라마의 요청으로 하관 지역의 차가 다시 공급되었으니 차는 그들에게 멍에이자 고삐가 된 셈이라 하겠습니다.

2007년 운남에서 북경을 지나 압록강까지의 여정을 마치고 돌아오는 여행길에, 사천성 성도를 출발해 천장남로(川藏南路)를 따라 사천성의 차들이 전해진 차마고도에 올라보았습니다. 청두(성도) – 멍산 – 야안 – 루딩 – 캉딩 – 신두쵸 – 야짱 – 리탕 – 빠탕– 진사짱(금사강)을 따라 운남 방향으로 내려왔습니다.

신장공로 곤륜산맥

같은 해에 운남의 보이차가 라싸로 간 길인 '전장(滇藏) 차마고도'를 직접 운전하고 왕복하였습니다. 곤명을 출발해 따리 – 리지앙 – 디칭(샹그리라) – 뻔즈란 – 빠이마쉐산 – 더친 – 매리쉐산 – 옌징 – 망캉 – 쭤공 – 뽀미 – 린즈 – 공푸장따 – 모주공카 – 라싸까지의 여정이었습니다.

2010년에는 '천장북로(川藏北路)'를 거쳐 청해성(青海省)을 돌아 청장공로(青藏公路)를 탐사했습니다. 곤명을 출발하여 따리 – 리지앙 – 상그리라 – 리탕 – 깐즈를 거쳤습니다.

2019년에는 운남 시쐉반나의 징훙을 출발해서 운남의 차마고도 전역을 돌고, 신장과 티베트를 잇는 신장공로(新藏公路)를 답사했습니다. 이 길은 히말라야 북단의 길로, 아리 지역을 지나 곤륜산맥을 넘고 천산산맥을 돌아 타클라마칸사막 북단을 지난 뒤 서안까지 갔습니다. 1만 5,000km 거리의 이 길을 오토바이로 달리면서 차마고도를 조금은 더 이해하게 되었습니다.

서역차마고도(티베트 라싸)

2007년에 직접 만든 보이차를 지프 체로키에 싣고 '공차대도(貢茶大道)'를 달렸습니다. 공차대도는 운남에서 만든 보이차를 북경의 황제에게 실어 나르던 길입니다. 그 길을 자동차로 달린 뒤 내처 압록강까지 갔다가 다시 운남 쪽으로 돌아오던 중, 김호영 선생과 함께 사천성 차마고도를 답사해 보기로 하였습니다. 사전에 계획하거나 준비한 여행이 아니었습니다. 사천성 차마고도는 일명 '천장남로'로, '천'은 사천이고 '장'은 서장 곧 티베트를 말합니다.

2007년 차마고도

두 달 동안 비포장 길을 달리며 지칠 대로 지친 뒤에야 동티베트에 닿았습니다. 사전에 준비를 했더라면 그렇게까지 힘들지는 않았을 텐데, 무작정 떠난 길이어서 더 힘이 들었습니다. 낯선 땅에 가더라도 단박에 실수를 알아채는 사람은 엄청 훌륭한 인지능력과 지혜가 있는 사람입니다. 그런데 우리는 조금 많이 떨어지는 사람들인지라, 갔던 길 다시 가고 또 가야 겨우 깨닫고는 하였습니다. 시간도 많이 걸리고 당연히 몸과 마음 모두 지칠 수밖에 없었습니다.

천장남로 티베트인 집 위에서 하룻밤

매리설산

아무튼 야안 – 캉딩 – 리탕 – 빠탕 – 망캉 – 빵따 – 뽀미 – 린즈– 라싸로
이어지는 비포장길을 줄기차게 달리고 또 달렸습니다. 본래는 티베트 땅이
던 동티베트는 티베트인들이 독립운동을 하도 많이 해서 사천성, 청해성, 운
남성으로 땅을 찢어놓은 곳입니다. 그런 곳의 천장남로를 우리는 밤낮으로
달렸습니다.

평균 해발 4,000m의 고원길에서는 수많은 수투파(백탑)와 타르쵸가 이방인
을 위로해주었습니다. 딱 4시간만 달리면 환경이 바뀌고, 오전과 오후의 풍
광이 완전히 달라지는 동티베트를 경험했습니다. 험한 계곡 4시간을 지나면
푸른 초지 4시간이 나오고, 다음날엔 돌산 가득한 4시간이 이어지는 식이었
습니다. 지구가 아닌 다른 행성에 온 듯한 착각을 일으키는 풍광들이 계속
이어졌습니다. 이 길을 걸어서, 야크에 차를 싣고 라싸까지 갔을 사람들을
떠올리며 '과연 나라면 할 수 있을까?' 스스로 반문하게 되는 길이었습니다.

천장북로 아바현 반퇴스

만나게 되는 사람도 조금씩 달랐습니다. 계곡에 사는 사람들은 외적의 침입을 막기 위한 특이한 가옥구조에서 살고, 초지의 사람들은 야크를 방목하며 외지인에게도 개방적인 인상이었습니다. 협곡에 사는 사람들은 지나가는 사람의 물건은 물론 생명도 빼앗을 것처럼 다소 흉악해 보였습니다. 물론 첫인상이 그랬다는 것입니다.

이처럼 인상은 다르지만 대체로 너무 추워서 씻지 못한 얼굴이고, 태양 빛이 너무 강해 살이 터지는 걸 방지하려고 발라 놓은 야크 기름이 떡이 되어 기름내가 진동하곤 했습니다.

지도만 보고 1박 2일이면 갈 수 있겠다고 짐작했던 거리가, 첩첩산중의 돌고 도는 길인지라 4~5일 훌쩍 넘게 걸리곤 했습니다. 그야말로 시간이 블랙홀에 빨려 들어가 사라져버리는 것처럼 공포가 밀려왔습니다. 정신적인 고통만 있었던 게 아닙니다. 여름이랍시고 침낭조차 없이 출발한 길인지라 고산에서 밤을 맞으면 신문지를 구겨서 옷 속에 넣고, 이불 대신 지도를 덮고 쪽잠을 잤습니다.

위안이 되는 게 있다면, 길이 내내 외길이어서 지도를 볼 필요도 없다는 정도였습니다. 낭떠러지 아래 강은 무섭게 흐르고, 멀리 보이던 산 하나 넘으면 조금 전과 똑같은 산허리를 다시 돌아야 하는, 머리가 돌 것 같은 산길들! 하루 15시간 달려도 제자리 같은 느낌의 동티베트 산상로를 넘고 또 넘었습니다. 지금은 이 모든 산길 아래 터널이 뚫려서 그냥 아무것도 못 보고 지나가는 길로 바뀌었지만, 그 시절 긴 한숨과 두려움 속에 넘던 그 길은

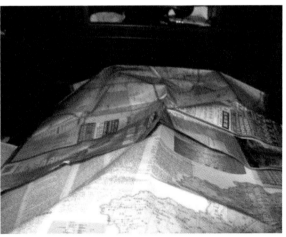

"내가 왜 여기 있지? 나는 누구지? 여긴 어디지?" 하는 쓸데없는 물음만 반복하게 만들던 그런 길이었습니다. 그러다 어느 날인가 밤길에 여러 사람이 낭떠러지 밑으로 떨어진 차를 인력으로 끌어 올리는 것을 보게 되었습니다. 곧바로 우리 차이 힘을 함께 보태어 구조하고 나니, 그 무섭던 길이 사실은 인간의 체온이 배인 사람의 길임을 알게 되었습니다.

그리고 도착한 소금 우물의 고장 옌징(鹽井)! 유라시아판과 인도판이 만들어 낸 히말라야의 내부에 갇힌 바닷물이 2억 6,000만 년의 시간을 지나 이 고산지대에서 용출된다니, 눈으로 보고도 믿기지 않는 얘기입니다. 지금은 이곳도 개발의 바람이 미쳐서 그 풍광이 예전 같지 않다는데, 저는 다행히 자연 그대로일 때 다녀오는 행운을 누렸습니다.

옌징을 출발하여 차마고도 따라 다시 13개의 검문소를 지나자 마침내 라싸가 나타났습니다. 오는 길이 힘들었던 만큼 직접 보고 듣고 밟고 만지는 라싸의 모든 것이 저를 행복하게 했습니다. 이 라싸에서의 사흘간은 정말이지 더없이 행복한 시간이었습니다.

너무 행복에 취했던 것일까요. 하마터면 큰일을 치를 뻔하기도 했습니다. 라싸에 도착하자마자 흥분에 싸여 라싸맥주 한 사발을 주욱 들이켰는데, 숨이 막혀 문자 그대로 죽을 뻔했던 겁니다. 라싸가 고산이란 걸 깜빡 잊은 탓이었습니다. 사실 라싸에 가면 맥주잔이 엄청 작습니다. 다 그럴 만한 이유가 있는 것입니다. 그런데 저는 처음부터 큰 사발로 맥주를 들이켰던 것이고 그 대가를 톡톡히 치렀습니다.

2007년 라싸

옌징

포탈라궁과 진짜 티베트 사람들, 보는 것만으로도 감동이었습니다. 그런데 더 눈물겨운 장면을 라싸를 떠난 뒤에 보게 되었습니다. 우리가 라싸로 올라 갈 때 보았던 세 명의 삼보일배 중인 처자들을 다시 만난 겁니다. 그들의 무 한한 신앙심과 삶에 대한 숭고한 자세에 정말이지 큰 감동을 받았습니다. 무 사히 마치라고 함께 기도했던 일들이 지금도 잊히지 않습니다.

라싸에서 운남으로 돌아오는 길도 고난의 연속이긴 마찬가지였습니다. 150m 길이의 금사강 외줄다리를 도르래를 이용해 넘었고, 자동차는 비포장 돌길을 너무 달린 탓에 여기저기 고장이 나서 마침내 쓰러지고 말았습니다. 얼마나 충격을 많이 받았는지 미션 케이스가 깨지고, 배기관도 끊어졌습니다. 그리하여 기어마저 움직일 수 없게 된 차로, 1단 기어 상태 그대로, 예라산 72굽이 4,600m를 넘었습니다.

수리를 하는 데만 꼬박 3일이 걸렸는데, 사실 부속품을 구할 수 없었기 때문입니다. 그러다가 무장경찰로 근무하는 왕소령을 만나 보이차 한 편 주고 부속을 구할 수 있었습니다. 그렇다고 시련이 끝난 것은 아니어서, 방전된 차를 트럭에 매달고 달리면서 시동을 걸고, 해발 4,000m 빵따를 탈출하는 경험 등 시련과 고난은 어디서든 불쑥불쑥 찾아와 우리를 괴롭혔습니다.

그렇게 무계획적이고 무모한 첫 차마고도 여행을 마치고 운남으로 돌아오던 날, 갑자기 하늘에 무지개가 내걸렸습니다. 마치 우리의 복귀를 환영하는 것만 같았습니다. 수십 년 만에 고향에 돌아간다 하더라도 이때처럼 평온하고 행복했을 거 같지는 않습니다.

예라산 72굽이길

란창강 도하

2007년
첫 공차대도 답사

공차대도는 운남의 보이차가 북경의 황제에게 전해진 길을 말합니다. 운남의 보이차는 명나라 시대에 북경에 전해지고 유명해졌으나 1723년 청나라 옹정제 때 공납이 시작되었고, 중국 공차 역사상 처음이자 마지막으로 유일무이하게 '서공천조' 편액을 하사받은 1838년 차순호에 이르러 최고의 꽃을 피웠습니다. 이 당시 운남의 보이차는 사람 얼굴 크기인 인두공, 둥근 떡을 7개 묶음 포장한 형태의 칠자병차, 그리고 차를 네모난 사탕처럼 만든 보이차고로 만들어져 공납되었습니다.

공차대도라는 길을 닦은 1838년의 차순호를 알아야 우리가 궁금해하는 하나의 의문, '운남 보이차가 과연 어떤 차인가' 하는 문제를 해결할 수 있습니다.

옹정제 때부터 들여오기 시작한 아편은 처음에는 한 해 200상자에서 건륭제 때는 1,000상자, 가경제 때는 4,000상자, 도광제 때는 3만 상자에 달했습니다. 수많은 사람이 아편에 중독되고 경제는 피폐해졌습니다. 도광제는 어떻게든 아편을 끊고 중국을 정상적인 나라로 다시 일으켜 세우기 위해 임칙서를 비롯한 청렴한 관리들을 선발해 지방관으로 내려보내고 아편 무역을 없애기 위해 노력했습니다. 그러나 아편 무역이 국가산업이었던 영국은 1840년 아편전쟁을 일으켜 남경까지 함락하였습니다. 그리고 이때 맺은 조약의 결과로 중국은 구룡반도와 홍콩을 99년간 영국에 할양하게 되었습니다.

이런 혼란의 와중이던 1838년, 도광제는 운남 석병 출신으로 과거에 급제한 차순래를 등용하여 쓰면서 운남 보이차를 공납하는 공진사의 자격으로 운남 최남단에 내려가 인도차이나반도의 프랑스군과 인도·미얀마 방면 영국군의 움직임을 소상히 관찰하여 보고하라는 임무를 부여하였습니다. 차순래는 고향 석병을 떠나 애뢰산맥을 넘고 무량산맥 통관을 지나 보이를 거쳐 한족의 최남단 마을 의방을 지나 소수민족의 마을 만좐과 만싸를 지나 만싸 최남단에 무력을 쉽게 행사할 수 있다는 의미의 이무라는 마을을 해발 1,300m 산꼭대기에 만들고 남쪽과 서쪽을 경계하였습니다.

마방들이 가져오는 정보를 수집하고, 매년 올리는 공차를 운반하는 선단을 통해 밀서를 함께 보냈습니다. 밀서를 받은 도광제는 크게 기뻐하고 '서공천조'의 친필 편액을 하사하여 이무가 청나라의 경계임을 확고히 하고자 하였습니다. 이후 만싸차산의 이름은 이무정산으로 불리게 됩니다.

문관이었던 차순래의 집은 당시 함께 이주한 석병 사람들에 의해 사합원 형식의 정방형 기와집으로 지어졌으며, 이때 지어진 이무정산의 옛 가옥들 역시 이무고6대차산 어디에도 없는 석병 지역의 사합원 구조로 지어졌습니다. 특이한 점은, 문관의 집 주춧돌은 필통 모양이 일반적인데 차순래의 집은 북 모양을 하고 있다는 점입니다. 북을 치면 병사들이 모이고 진군하는 것이기에, 북은 무관을 상징하는 것입니다. 이로써 차순래가 단순한 문관이 아니라 지역 사령관의 권한을 가지고 내려온 것임을 유추해 볼 수 있습니다. 황제의 글씨가 있는 곳이기 때문에 단청의 흔적이 남아 있는 것도 특징입니다. 단청은 일반인이 사는 곳에는 하지 않습니다. 부처를 모신 절이나 황제가 있는 곳에 비단을 대신하여 색을 칠하는 것입니다.

지난 2005년, 운남의 5개 차창이 앞장서서 100마리의 말에 5톤의 차를 싣고 5개월 22일간 걸어서 북경까지 가는 '공차 마방 만리행'이라는 행사를 진행했습니다. 당시 이것이 엄청난 반향을 일으켰습니다. 1,700년의 보이차 역사에서 가장 화려한 순간을 보여주던 이벤트가 133년 만에 다시 열린 것입니다.

2005년 5월 1일 운남성을 출발한 것은 120필의 말과 43명의 11개 소수민족, 그리고 5톤의 보이차였습니다. 이들은 5개월 뒤인 10월 10일 북경에 도착했습니다. 이들이 갔던 길이 공차대도, 운남성 – 사천성 – 섬서성 – 산서성 – 하북성 – 북경에 이르는 바로 그 길이었습니다. 이 길을 그들은 관마대도(官馬大道)라고도 부릅니다.

북경에 도착한 5톤의 보이차 중 한 통(7편, 2.5kg)의 칠자병차 가격이 중국 돈 140만 위안(당시 한국 돈 1억 8,000만 원)에 낙찰되었습니다. 물론 농촌과 같은 운남성의 경제를 일으키기 위해 운남성 정부와 기업들이 보이차를 알리기 위한 수단으로 경매를 한 것이기도 하지만, 당시 보이차를 모르던 중국인들에게는 운남성(중국 서남단 끝)에서 만 리(4,000km)를 걸어서 왔다는 120필의 말과 11개 소수민족에 대한 관심이 매우 뜨거웠습니다. CCTV를 통해 두 번 세 번 재방송이 되었습니다. 이것이 2007년 보이차 열풍을 불게 했던 하나의 시발점이 된 것도 사실입니다. 이후 매년 관마대도를 따라 오르려 했지만, 너무도 많은 지출과 인사사고를 감당하지 못하고 이후에는 다시 재현하지 못했습니다.

2007
관마대도 출발

제가 만든 보이차를 지프에 싣고 저도 이 길을 따라가 보았습니다. 2007년 당시에는 북경까지 가는 고속도로가 모두 연결되지 않았기 때문에 국도를 이용했는데, 너무도 험난한 길이었습니다.

일차 난관은 운남성 안에서 시작되었습니다. 산간 좁은 길을 돌고돌아 앞으로 나아가는데, 이 길이 호박돌로 되어 있습니다. 우기의 정점인 6월이나 7월이면 산속 호박돌 길은 빗물에 젖어 일종의 빙판처럼 미끄럽게 변합니다. 무거운 짐을 실은 차들이 정차라도 하면 스스로 미끄러져 길 바깥으로 처박히기 때문에 쉬지 않고 가던 속도 그대로 계속 가야 하는 길입니다.

사실 지나가는 모든 길이 교통안전주의 구역이었습니다. 집채 만한 돌들이 낙석처럼 떨어지고, 가는 길 한편은 깊은 낭떠러지여서 내가 아무리 조심을 해도 운이 없다면 갈 수 없는 길들이었습니다. 하루 10시간씩 달리는데, 시속 40km가 제한속도인 길에는 숨어서 속도 체크를 하는 공안과 통행세를 받는 작은 마을 사람들이 있고, 검문소와 모든 탈것들을 만날 수 있는, 그야말로 아노미 상태의 길이었습니다.

호박돌 길

운남성을 지나 사천성으로 들어가는 길에서 만난 마을 이름은 '보이쩐(普洱鎭)'이었습니다. 지금은 '보이도(普洱渡)'로 이름이 바뀌었는데, 너무도 궁금했던 지명입니다.

'차나무도 없는 곳에 웬 보이?'

이런 궁금증은 훗날 이 길을 다시 탐방하게 되면서 해결할 수 있었는데, 이곳이 바로 보이차를 배에 싣던 곳이었던 겁니다. 운남을 출발한 마방이 이곳까지 차를 싣고 오면, 여기서 배에 싣고 황강과 장강을 지나 북경까지 한달음에 갈 수 있었던 것입니다.

저는 이태백의 고향 짱요에서 그가 쓴 〈조발백제성(早發白帝城)〉이란 시를 보다가 무릎을 탁 쳤습니다.

이른 아침 붉은 안개 가득한 백제성을 나서니

하루 만에 벌써 천 리 길 강릉이구나

물가엔 원숭이 소리 처량한데

작은 배는 이미 만중산을 지나네

운남 북단 횡강이 흐르는 보이도

대강 이런 내용의 시인데, 이 시를 읽는 동안 필자는 운남의 보이차가 처음부터 끝까지 말 등에 실려 운반된 것이 아니라, 배에 실려 장강과 경항대운하를 거쳐 북경까지 전달되었을 것이라는 생각을 하게 된 것입니다.

장강의 배를 이용하면 하루에 천 리(400km)를 갈 수 있는데, 걸어서 하루에 고작 20~30km의 험난한 길을 간다는 것은 어리석은 선택이 아닐 수 없습니다. 또 배에 싣고 가면 비가 오더라도 걱정이 없는데, 말로는 시간이 무척이나 지체되고 가기도 어려운 매우 험난한 길입니다.

2007년, 2010년, 2015년, 2016년 네 차례에 걸친 '운남 – 북경' 간 탐험 여행을 통해 보이차가 배를 통해 북경에 전달되었을 것이라는 추론에 더욱 확신을 가지게 되었습니다.

황제에게 공납되는 보이차는 말에 실려 만 리를 걸어간 것이 아니라 운남에서는 말과 나귀, 물소에 실려 이동했으나 운남 북부 보이도에 이르러 다시 포장되고 횡강의 작은 배에 실린 뒤 사천성 이빙에서 다른 공납물들과 함께 공차선단에 실려 한 달 만에 북경에 도달했음이 분명합니다. 중국인들도 찾아내지 못한 진짜 공차대도를 찾아냈다는 점에서 스스로 뿌듯함을 느낍니다. 운남 고차수 보이차에 대한 애정이 저를 이런 길로 안내해 왔고 지금도 그렇게 하고 있습니다.

공차대도(북경)

중경 방향 장강삼협 입구(사진 하단부에 백제성이 보인다)

조발 백제성

맺음말

복마전 같은 운남 보이차의 세계!

그 정점인 오래된 차나무에서 채엽하여 전통방법으로 제조한 '운남 고차수 보이차!'

깊이 있는 모든 이야기를 300쪽짜리 책 한 권에 모두 담을 수는 없습니다. 여러분이 알고자 했고 가고자 하는 보이차의 세상에 작은 나침반 하나를 드렸다고 생각합니다. 남과 북을 가리키는 나침반이 있다면 거친 파도와 풍랑 속에서도 방향을 잃지 않고 전진하실 수 있을 것이라 믿습니다.

이제 타고 가는 배는 스스로 만드셔야 합니다. 그 배는 쪽배일 수도 있고, 수만 톤 대형 함정일 수도 있으며, 혹은 잠수함일 수도 있습니다. 자신이 가고자 하는 고차수 보이차의 세상. 내가 마시는 차가 어느 차산, 어느 나무에서 왔는지, 그리고 누가 만들었는지 알면서 마시는 것과 모르고 포장지만 보고 마시는 것은 엄청난 차이가 있을 것입니다.

서른다섯에 시작한 운남에서의 생활과 고차수 보이차의 경험은 10년이 지나서야 작은 깨달음을 전해주었습니다. 참고서 하나 없던 그 시절, 저의 스승은 묵묵히 천 년을 그 자리에 있었던 차나무들이었고 현지의 소수민족들이었습니다. 그들과 밤을 새우며 질문하고 대화하는 과정을 수없이 반복하는 사이 깨달음과 지식이 얻어지고 기쁨이 찾아왔습니다. 제 인생에서 가장 환상적인 경험이었습니다.

모든 차나무의 시작이라는 3,200년 봉경 차황수를 필두로 매년 친견하는 차나무 거령신의 세계, 그 나무에서 얻어낸 봄의 새싹과 줄기, 지금 내가 만드는 보이차가 언젠가 세상에 우렁찬 부르짖음을 낼 때, 현란한 말솜씨와 과장으로 전하는 보이차가 아니라 몸으로 뛰고 느낀 그대로를 전하는 진품 보이차가 되리라 믿었습니다.

10년 전쯤부터 쓰겠다고 다짐했던 운남 고차수 보이차 이야기! 17년을 차산에서 생활하고도 쓰고 나니 부끄럽기 짝이 없는데, 그때 썼더라면 얼마나 창피했을까 하는 생각이 듭니다. 보이는 만큼만 보이는 것이니까요.

운남 고차수 보이차는 고정된 정물화일 수 없습니다. 시간이 지나고 장소가 바뀌면서 잔잔했던 바다가 미친 듯 포효하는 것처럼, 차산의 모든 이야기도 바뀔 수 있습니다. 모든 이가 고차수 보이차의 세계에 별 관심이 없던 2005년에 운남에 가서 가장 치열한 시기를 모두 보내고, 〈운남 고차수 보호법〉이 발효된 2023년 모든 고차수 보이차 제조를 마무리했습니다. 차를 사랑하는 개인의 입장에서 엄청난 영광이고 행복이었습니다. 모든 차나무 거령신들께 감사드리며 함께 생활하며 도움을 주셨던 인연들에게도 거듭거듭 감사를 전합니다.

생면부지의 쾌활정경원에게 차용증도 없이 엄청난 후원을 해주신 고차수 보이차를 사랑하시는 대한민국의 아름다운 분들과 10년 동안 각 차산의 차왕수 확보금을 아낌없이 투척해주신 광동성 량회장님께도 깊은 감사의 인사 올립니다. 이러한 후원과 격려가 없었더라면 일천한 경험과 지식의 쾌활이 그 길을 여기까지 걸어올 수 없었을 것입니다. 아쉽지만 이제 운남 고차수 보이차를 마치고 우리는 또 다른 세계로의 여행을 준비합니다. 다음에 다시 뵙겠습니다.
감사합니다.

2023년 5월 10일 수요일
대한민국 안녕에서 쾌활정경원 큰절 올립니다.

직접 만든 보이차를 짊어지고 차마고도 여행 중(운남 물소와 함께, 2019년)

운남 고차수 보이차

초판 1쇄 발행 2023년 5월 30일

저   자 쾌활 정경원 ⓒ 2023

펴 낸 이 김환기
펴 낸 곳 도서출판 이른아침
주   소 경기 고양시 덕양구 삼원로 63 고양아크비즈 927호
전   화 031-908-7995
팩   스 070-4758-0887
등   록 2003년 9월 30일 제313-2003-00324호
이 메 일 booksorie@naver.com

ISBN 978-89-6745-144-8 (03810)